中公文庫

軍旗はためく下に

増補新版

結城昌治

中央公論新社

目次

軍旗はためく下に

敵前逃亡・奔敵

——生きて虜囚の辱を受けず、死して罪禍の汚名を残すこと勿れ。

（「戦陣訓」より）

〈陸軍刑法〉

第七十六条　党与シテ故ナク職役ヲ離レ又ハ職役ニ就カサル者ハ左ノ区別ニ従テ処断ス。

一　敵前ナルトキハ首魁（シュカイ）ハ死刑又ハ無期ノ懲役若（モシク）ハ禁錮ニ処シ其ノ他ノ者ハ死刑、無期若ハ七年以上ノ懲役又ハ禁錮ニ処ス。

（以下省略）

註　党与トハ犯人数人意思ヲ共同シテ衆力ヲ恃（タノ）ミ一定ノ事ヲ為サントスルノ謂ナリ従テ通常ノ場合ハ多数ナルヘキモ員数ノ如何ヲ問ハス二人ニテモ可ナルヘシ又例ヘハ数人実在スルモ其ノ間意思ノ共通ナキトキハ党与ニアラス。

——中尾さんにはまだご出席頂いておりませんが、昭和二十三年から春のお彼岸と秋のお彼岸という具合に年に二度ずつ、浅草のお寺で私たち同じ部隊にいた者が戦友会をやっています。戦死した仲間たちの霊を弔うため、まず坊さんにお経をあげてもらって、そのあとはいつも酒を飲んで賑やかな会になります。ところが、出席者は年々少くなって、この前の会などはたった六人でした。みなさんいろいろと都合がありましょうし、何しろ敗戦後二十四年以上経っています。それで、今のうちにみんなの思い出をまとめて回想録みたいなものをつくろうという話が持上りました。私が音頭をとったわけではないのですが、留守名簿をたよりに編集委員が手分けをして、なるべく多勢の方に原稿依頼のお手紙を差上げました。その結果、原稿は予期した以上に集りましたが、将校や下士官だった方たちの寄稿が多く、それも手柄話のようなものばかりで、部隊の大多数を占めていた兵隊の話が殆どといっていいくらい欠けています。文章をつづるのが苦手だとか、今さら軍隊のことなど思い出したくないとか、理由はさまざまのようです。しかし、これをこのまま本にしてしまったのでは、部隊のごく限られた部分しか伝えられない。回想録を思いたった私たちには、これを私たち自身の青春の形見にすると同時に、このような青春が存在したことを次ぎの世代の青春に伝えたい気持がありました。戦争の善悪を問うのではなく、軍隊の功罪を問うつもりもありません。だから勇ましい手柄話や美談も結構ですが、編集委員はまた手分けをして、私は軍法会議で処断された戦友の話を聞いてまわる役を受持たされました。

というのは、私は内地に帰還してから、一時的でしたが恩赦関係の仕事をする機会があって、そのとき、従軍免脱や敵前逃亡、あるいは上官暴行といった軍隊内の犯罪が意外に多かったことを知り、私たちの部隊でもそういう犯罪がいくつかあったことを思い出したのです。そんなわけで、中尾さんには小松伍長の話を是非伺いたいのですが如何でしょうか。部隊が独立混成旅団として編成され、北支に集結したのが確か昭和十五年の三月でした。しかしその後何度も編成替えがあって、南方へ送られた者は大半が戦死し、そのほかの者もあちこちに散らばってずいぶん死んでいます。それであのころ小松さんと同じ隊にいたひとは、中尾さんしかいないようなんです。

——いや、平山さんがいるでしょう。わたしと同じ四年兵で、やはり最後まで上等兵だった。荻窪辺でクリーニング屋をしているはずです。

——平山さんは亡くなりました。回想録のことで手紙を差上げて分ったんですが、息子さんから返事がきて、二年くらい前に脳出血で亡くなったそうです。

——それは知りませんでしたね。わたしが会ったのは四、五年前です。偶然会って、ちょっと立話をして、それっきりだった。

――十年ほど前、平山さんは一度だけ戦友会に出席されたことがあります。そのとき小松伍長の話がでたのを憶えています。

――どんなふうに話してましたか。

――詳しいことは聞きませんが、当時は平山さんも何度逃げようと思ったか知れないと言っていました。そんなに情勢が厳しかったのでしょうか。最前線で苦労されていた方には申しわけないけど、私は大隊本部の糧秣掛をやっていて、小松伍長のことは噂に聞いた程度でした。ほかの中隊でも逃亡があったという噂を聞きましたが、当時の模様をざっくばらんに伺えるなら、活字にするとき、ほかのひとに迷惑がかからないように気をつけます。

――本屋にならべて売るんですか。

――いえ。住所の分っている戦友と遺族に配るだけです。ごく少部数ですが、戦友会の幹事で、印刷屋をしている森さんが費用をもってくれるというので急に回想録の話が運びだしたんです。森さんを憶えておられますか。

――さあ、どんなひとだったろう。

――第三中隊で分隊長をしていました。中支にしばらくいて、私たちの部隊にきたのは昭和十八年の夏頃です。

――憶えていませんね。五年ばかり前から物忘れがひどくなりました。

――私などもそうです。あるいはみんなそうかもしれない。いつの間にか憶えておきたい話を選りわけていて、厭な思い出はどんどん忘れてしまう。だから戦友会で集っても、この頃はみんな愉しかった話しかしなくなりました。

――不思議ですね。

――中尾さんは違いますか。

――わたしは厭なことばかり憶えている。だから戦友会に誘われても、なかなか腰が重くて駄目です。

――中尾さんはずっと北支でしたか。

――ずっとでもありませんが、大体北支です。

――小松伍長の話を聞かせてください。

中隊本部から、坂上少尉の率いる湘李村東方の分遣隊まで、約十六キロの道のりがあった。分遣隊の任務は橋梁警備と附近一帯の治安維持だが、部落を離れてトーチカを設営したのは中国共産党の八路軍ゲリラの襲撃に対する備えである。中国人の保安隊を使役してつくったトーチカは、これも八路軍ゲリラの奇襲に備え、周囲に深い濠をめぐらして普段は跳橋を揚げている。

分遣隊は小隊を二個分隊に縮小編成され、隊長の坂上少尉以下十九名だが、班長の倉田軍曹は、幹部候補生上りの若い上官を疎じていた。

「いいか――」倉田軍曹は討伐の行軍中、隊長に聞えても構わぬというように補充兵たちに言った。「敵にぶつかったらおれの言うとおりにするんだぞ。殺し合いの最中に階級章なんか問題じゃない。死にたくなかったらおれについてこい」

鹵獲品のチェコ軽機を肩にかけた倉田軍曹は、赤銅色に日焼けしたひげづらに眼ばかり険しく光って、いかにも歴戦の勇士らしく頼もしそうに見えた。

そのとき、彼の言葉が先頭を歩いていた坂上少尉の耳に聞えたかどうかは分らない。

しかし、古年次兵の中尾や平山はそれを当然のように聞流したが、下士官候補者の教育を終えてさほど経っていなかった小松伍長は、わざと聞えないふりをするように中尾に話しかけた。

「中尾上等兵は東京のどこだったかな」

「大崎です」

「大崎というと、下町のほうだろうか」

「いや、場末の工業地帯ですよ。家は米屋ですけどね」

会話はすぐに途切れた。

小松は間が悪そうに、まだ夜が明けきっていない大行山脈の稜線を眺めた。

彼は東北地方の農家の出身だった。「将校商売下士道楽、兵隊ばかりが国のため」などと言われるが、一般に下士官候補者を志望する者は農家の二、三男に多かった。それは家に帰っても貧しいだけで自分の田畑を持てるわけではなく、軍隊に入るまで米の飯を満足に食ったことがない者さえいた。だから、それくらいならいっそ食いっぱぐれのない軍隊にいたほうがましで、下士候を志望する者の心には、郷里の連中を見返してやりたい気持も強いようだった。むろん陸大や陸士出身のエリートに比較したら大した進級を望めないが、とにかく将校になる道はひらかれているのである。

しかし、小松は下士官になること自体が最初から無理なようだった。ずんぐり太って、動作が鈍く、吃り気味の言語は明晰を欠いた。頭の回転も決して早いとは言えなかった。要領がわるいので、中隊の内務班にいた頃は始終殴られていたうちの一人だった。吃るたびに殴られ、殴られるといっそうひどく吃り、青黒くむくんだ顔がデコボコになるまで殴られていた。そして酒樽のように転がると、尻を蹴られても容易に起上れなかった。

だから彼が下士候を志望したのは、そんなふうに殴られていたせいだと見ることができた。彼としては、そのような苦境から脱け出したかったに違いなかった。「下士道楽」というのは、道楽のつもりでなければばかばかしくて勤まらぬという意味だが、彼の気持は道楽どころではなく、下士候教育を必死に耐えてきたはずであった。理不尽な暴力を伴う訓練に耐え得るなら、戦争が長びいて粗製乱造気味になっていた下士官になることは、彼のような者でもそう難しくなかったのだ。

　しかし、彼が兵長から伍長に進級して分遣隊へきたとき、周囲は冷い眼で彼を迎えた。下士官クラス程度では、なまじっかな襟章の星の数より入隊した年次の古さがモノを言うが、前線では特にそうだった。古参兵は「小松伍長殿」と呼ばなかったし、倉田軍曹は指揮能力の乏しい彼をあからさまに軽視した。そして、それらのことは新入りの補充兵たちにも影響を与えずにおかなかった。倉田軍曹が「階級章なんか問題じゃない」と言ったとき、それは小松に対する皮肉と聞取ってもおかしくなかったのである。

　高粱(コーリャン)畑の間道がようやく切れると、粟や大豆の畑が点在した。ここまでは平坦な道だが、敵兵約一個小隊が潜んでいるという呂江庄へ達するには、黄土層の禿山を越え、岩盤の露出した峡谷を渡らねばならなかった。深夜から歩きつづけ、全員ぐっしょりと汗をかいていた。中年近くなって召集された補充兵たちはとうに足がふらついていた。彼らはもともと体がナマっている上に、銃弾百二十発と手榴弾二個を腰につけ、約二十キロの背嚢(はいのう)を背負い、さらに三八式の重い小銃を担いで歩くのである。

「落伍したら殺されるぞ」

　急坂にかかると、倉田軍曹の叱咤が飛んだ。そのひと言は、彼が見たという陰惨な事実を思い出させるに充分だった。それは、作戦が終ってから落伍した兵を探し出したときのことで、その兵は素裸にされて首もとまで土に埋められ、むろん息はなかったが、恐怖のあまりか苦痛のためか、舌を出し洟を垂れ、眼球がとび出していたというのである。

古参の平山上等兵は、——日本軍はもっとひどいことをやっているさ、動くのが厭になったら自爆すればいい、などと胆がすわったように言っていたが、とにかく倉田軍曹が見たという話は、兵隊たちの落伍を防ぐ役に立っていたし、中尾も逃亡を思うたびにその話が脳裡に浮かんだ。

——中尾さんも逃亡しようと思ったことがあるんですか。

——今だから平気で言えるけど、ありましたね。深刻に思いつめたわけじゃないが、考えたことは何度もあります。

——日本軍の勝利を信じていなかったんですか。

——負けるとは思っていなかったが、はっきり勝つとも思っていなかった。ただ、早く戦争が終ってくれればいいと思っていました。前線のトーチカなんかにこもっていると、戦争の大局は全然わからない。討伐だって、こっちがやらなければ向うがやってくるので、一種の示威運動みたいにやっていたようなものです。ガダルカナル島の日本軍が撤退したことも知らなかったし、アッツ島の玉砕も知らなかった。でも、船乗りの経験者などがつぎつぎに転属していって、南方の戦線が広がっているんだなという程度は分りました。それに電話線の銅線が鉄線で代用されたりして、資材が不足してきていることも分りました。わたしは独身だから気楽なはずですが、それでも帰りたかったたし、妻子を残してきた補充兵などは本当に帰りたかったろうと思います。

――小松伍長も独身でしたね。

――そうです。彼は農家の長男で、妹が一人いた。現役のまま持っていかれたのは彼と平山とわたしの三人しかいなかったが、小松は私や平山より一年あとです。だからわたしなどは、若いくせに割合大きな顔をしていられたわけだけど、倉田軍曹は二度目の応召だった。

――倉田さんは怖がられていたようですね。

――ええ、烈(はげ)しい気合いをかけるひとで、わたしも大分殴られたことがあります。その代わり戦闘のときはいちばん勇敢で、隊長より遥かに頼り甲斐がありました。高粱酎(チャンチュー)を飲むと陽気になって、流行歌が得意だった。「無情の夢」とか「旅笠道中」とか、今でも倉田軍曹の声を憶えています。ドラム罐を叩くような声でしたがね。

――討伐の話をつづけてください。小松伍長が逃亡したのはそのときですか。

――違います。

峡谷の浅瀬を渡ると、小さな盆地がひらけ、未明の薄靄に杏の白い花が浮かんでいた。部落は静まり返って物音ひとつしない。

坂上隊は崖の斜面に伏せて、中隊本部からくる尖兵小隊の信号弾の合図を待った。

「おかしいな」

しばらくして倉田軍曹が呟いた。静か過ぎるというのだった。

「斥候をだしてみるか」

坂上少尉が言った。

「いや」

倉田軍曹は首を振った。

そのときだった。突然銃声がつづいた。大地に響くような重機関銃の音だった。

「東の方角だ。尖兵隊がやられている」

倉田軍曹の声は落着いていた。

信号弾はまだ揚がらなかった。

銃声はますます烈しかった。

「救援に行こう」

坂上少尉の眼が血走るように光った。興奮していることは声でも分った。

「駄目だ」倉田軍曹はきっぱり言った。「敵は一個小隊どころじゃない。ちゃんと情報をつかんでいて、先制攻撃をかけている。いま飛び出したら、おれたちも全滅だ。敵はこっちにも重機を向けているに違いない」

「どうしてそれが分る」

「それくらい分らなくてどうする」

「しかし友軍がやられている」

「ぼやぼやしてるからやられるんだ。討伐はピクニックじゃない」

「見殺しにするのか」

「已むを得ない」

倉田軍曹は銃声に耳を傾ける表情で前方へ視線を凝らし、少しも動じなかった。

「小松伍長――」

坂上少尉は、向きを変えて声をかけた。

中尾は小松を見た。

小松は銃を抱くようにかかえ、うずくまるような姿勢のまま、顔を上げなかった。

「小松伍長――」

坂上少尉はまた声をかけた。

小松は返事をしなかった。

「みんなよく聞け——」坂上少尉はいらいらしたように上ずった声で言った。「友軍はいま敵の攻撃をうけて苦戦している。わが隊はこれから敵陣に突っ込む。敵の背後を衝くのだ。絶対におくれをとってはならん」

「ばかを言うな。きさまには八路(パーロ)のゲリラ戦法が分っていない」

倉田軍曹がすぐに反駁した。

「なに——」

坂上少尉はいきり立った。彼はまだ二十五歳だった。倉田軍曹との間に十歳以上の年齢差があった。実戦の経験も乏しかった。しかし、彼は倉田の上官だった。

「きさまは上官の命令を聞けないのか」

「上官なら上官らしいことを言え」

「叩っ斬るぞ」

「勝手にしろ。きさまなんぞに斬られやしない」

「よし、あとで叩っ斬ってやる。さもなければ軍法会議だ。ほかの者はおれを信じてついてこい」

「みんなここにじっとしていろ。隊長の命令を聞いたら犬死だぞ」

倉田軍曹もさすがに緊張した声で、怒鳴るように言った。

坂上少尉は倉田軍曹を無視して、軍刀を抜いた。血気に逸っていたということがあるかもしれない。しかしそれよりも、指揮官としての実力を部下に示し、倉田軍曹を抑えたい気が強く働いていたに違いない。若輩で、実戦の経験は倉田より劣っても、彼なりに情勢判断の自信があったろうし、一途な性格で、倉田には一目置く様子だったが、決して臆病な男ではなかった。

「突撃――」

坂上少尉は攻撃目標を示すと、軍刀を振りかざして躍り出た。

しかし後につづく者はなく、坂上少尉はたちまち一斉射撃を浴びて斃れた。

倉田軍曹の判断に狂いはなかったのだ。もはや進むことも退くこともできなかった。敵の射撃はすぐにやんだが、谷間に後退すれば、上から狙い撃ちされることが分っていた。崖の斜面にいる限りは、敵もうっかり攻めてこられないので、あとは暗くなるまで待って退路を求める以外になかった。部落東方の銃声が静まったのは、およそ三十分後だった。

「全滅かな」

倉田軍曹は不機嫌に言った。尖兵隊の安否を気遣ったので、坂上少尉については何も言わなかった。

百メートルほど隔てて、睨み合いのような緊迫がつづいた。敵はいっこうに攻め寄せてこなかった。攻めてくれれば、倉田軍曹がチェコ軽機を構えていたし、中尾も軽機を構え、ほかの兵も着剣して白兵戦の覚悟を決めていた。

「日本兵はいるか」

ふいに日本人の声が呼びかけてきた。意外に近くから聞えた。夜はすっかり明けて、晴れた空に雲雀（ひばり）が鳴いていた。

「いるなら答えてくれないか。おれは第四中隊にいた沼口だ。八路軍はきみたちを敵と思っていない。本当の敵は内地でぬくぬくしている軍の幹部や財閥資本家たちだ。きみたちは至上命令で戦わされているだけだからな。こっちに来れば決して悪いようにしない。おれは一等兵だったが、こっちでは佐官待遇で楽に暮らしている」

声がいったん切れた。

誰も答えなかった。小松伍長は土気色の顔を伏せたきりだった。

沼口の大声がまた叫んだ。

「おれの話が信じられないのか。戦争はもうじき終るぞ。日本軍は南方からどんどん退却し、内地の主な都市は空襲でやられている。それなのに、今こんな所で死んでどうなるのだ。郷里の両親や、女房や子供たちはきっと泣いている。おれはみんなを死なせたくない。無事に郷里へ還ってもらいたいんだ。投降したい者は、いつでも、おれの名前を言ってきてくれ。八路軍は決して残虐な真似をしない。きみたちを大切に扱ってくれるはずだ」

「………」

依然誰も答えなかった。兵隊たちの中には、互いの心を探るように顔を見合わす者もいた。

沼口の呼びかけが終ると、レコードが流れた。哀調のこもった節まわしで「佐渡おけさ」だった。三味線の伴奏つきである。

「しんみりさせやがるな」

平山上等兵が呟いた。「佐渡おけさ」のレコードより、中尾は平山の呟きで感傷を誘われた。約十メートル前方に、坂上少尉の遺体が抜刀したまま転がっていた。

人影のない部落に向って、倉田軍曹の軽機関銃が火を噴いたのは突然だった。

「逃亡兵の腰抜け野郎に返事をしてやったのさ。舐められたら、敵は必ず攻めこんでくる」

倉田軍曹は射撃をやめて言った。眼つきは険しいが、唇の端に余裕を見せるような微笑を浮かべていた。

「こっちも何か歌ってやるか」

平山が威勢をつけるように言ったが、歌う者はいなかった。

「佐渡おけさ」はその間もつづいていたが、やがてレコードがやむと、もとの静けさに戻った。

——その場にずっと釘づけですか。

——仕様がありません。敵の斥候らしいのが、ちょいちょい様子を見にきてましたからね。うっかり動くわけにいかない。図太いというより疲れたせいでしょうが、銃を抱いたまま眠ってしまったのもいた。でも、倉田軍曹はそういうときは決して怒らなかった。ずいぶん無茶なことも言うけど、あのひと流の合理性があって、兵隊を大事にしていたことは確かです。友軍を見殺しにした恰好だが、信号弾が上らなかったのだから作戦命令に背いたわけではなかった。あのとき、隊長に従って飛出していったら、きっと全滅したと思います。あれは倉田軍曹の情勢判断が正しかった。ばかな隊長にぶつかったら、部下がたまったものじゃありません。結局、わたしたちは暗くなるまで待って、隊長の遺体を担いで引揚げました。胸に二発、喉も貫通されていました。少し神経質だったけど、おとなしくて、やたらと星座に詳しいひとでした。天文学者になりたかったと言うのを聞いたことがあります。火葬するとき、恋人らしいきれいな女の写真がでてきましたが、その女が隊長より年上に見えたので、妙な気がしたのを憶えています。

——尖兵隊は全滅したんですか。

——やはり全滅したそうです。何しろ情報が筒抜けでしたからね。尖兵隊といっしょに、あのときは中隊長も戦死した。大隊長にハッパをかけられて、功を焦っていたという話をあとで聞きましたが、実際はどうだったのでしょう。

――そこまでは私も知りません。大隊長となると、私などから見たら雲の上だった。

――戦死したのは中隊長クラスまででしたね。それも幹候か下士候上りばかりで、わたしの知る限り、陸士出の将校は一人も前線にいなかった。

――逃亡した沼口さんのことは、前からご存じでしたか。

――話は聞いていました。同じ隊で初年兵教育を受けた者がいて、そいつの話によると、あまり目立たない兵隊だったそうです。成績がよくて、上官にも可愛がられていたようだし、なぜ逃亡したのか分らないと言っていました。

――その後沼口さんの噂を聞きませんか。

――内地に還ったかどうかも分らないんじゃないですか。わたしは聞きません。

――小松伍長が逃亡したのは、呂江庄の戦闘の際、沼口さんに呼びかけられた影響でしょうか。

――わたしはそうは思いません。小松伍長の逃亡は、呂江庄の戦闘から四ヵ月以上経っています。

呂江庄の中隊作戦は無残な敗北に終ったが、坂上少尉が戦死したあとの分遣隊は、倉田軍曹が指揮をとるようになった。

討伐と警備にあけ暮れる毎日がつづいた。

日本軍は中国大陸の広大な地域にわたって占領政策を拡張したが、それは局部的な点の占領に過ぎず、例えば湘李村東方の分遣隊の場合も、完全に占領したと言えるのは設営した陣地内に限られ、一歩外へ出ればいつ襲撃されるか分らぬ危険を伴っていた。確かに警備区域は拡がり、附近の村落へ行けば、日本軍に対して表立った抵抗はない。村長が笑顔で出迎え、県の警備隊も一応は協力する。渋々ながらでも物資の徴発に応じるし、進んで情報を提供する者もいた。

しかし、それらは自衛のための仮装に過ぎなかった。実際に村を支配する者は別に存在して、日本軍が離れた途端にそこはもう八路軍の支配下なのである。警備隊は全く役に立たないし、情報を提供する密偵はつねに敵側に通じているとみなければならない。八路軍の支配は、日本軍の宣撫工作が不能といっていいほど住民の間に深くしみこんでいるのだ。

だから討伐行は、日本軍の存在をしめす示威運動の意味しか持たず、またそれをしなければ、敵に侮られて分遣隊そのものが存在を脅(おびや)かされるのだった。

「しかし――」あるとき平山が言った。「八路(パーロ)はいったいどういう気なんだろう。奴らが本気でかたまってくれれば、このトーチカくらい落とせるはずじゃないか」

「落とせるさ」答えたのは中尾だった。「しかし落として何になるんだ。連中は、うるさい乞食が道端に住みついている程度にしか思っていない。占領されたと思っていないし、必ず勝つと信じている。その証拠に、安頭鎮にいた頃でさえ老票買いがいたじゃないか。今はあの頃より状況が悪い。犠牲者をだしてまで、こんなトーチカの一つや二つを攻め落とそうとしないはずだ。奴らは悠々と構えているに違いない」

軍票が廃止されたのは、昭和十八年七月頃だった。そして日本政府は、それまで一般に通用した元紙幣に代えて円紙幣を発行した。元紙幣を老票として廃し、内地で印刷した新票の円紙幣を通用させたのである。

ところが、老票を新票に替えない者が多く、すでに通用しないはずの老票を買い集める商人がいて、掠奪を恣（ほしいまま）にした日本兵は老票をそれらの商人に売っていたのだ。さすがに商人であったというべきかどうか、一年も経たないうちに新票の価値が下落し、一円札などは便紙に用いられる有様だった。

「ほんとに奴らは勝てるつもりなのかな」

平山はまだ疑っている口ぶりだった。

やがて高粱が背丈より高く伸び、暑かった夏が過ぎようとしていた。

中隊作戦は、その後は新任の中隊長によって二回行なわれたきりで、あとは分遣隊独自の討伐が繰返された。

討伐は、敵と戦う前に、まず恐怖との戦いだった。眼に見えない敵がいつ襲ってくるか分らず、それはトーチカに戻っても同じことだが、兵隊はつねに死と直面しながら、死と馴れ合えないまま、却って楽天家に見えることがあった。そして、小松伍長がその顕著な例かもしれなかった。

坂上少尉が戦死して二ヵ月ほど経った頃から、彼は急に勇敢になった。それまでの臆病がどこかへ吹飛んだ感じだった。顔色もいきいきして、討伐のときはいつも先頭に立った。部下に対する言動も自信を得たように厳しく、倉田軍曹の前でも臆した態度が消えた。討伐の先頭に立って、鉄帽もかぶらないのである。

「勇ましいのもいいが、鉄帽はかぶらなくちゃいけない。頭をやられたらどうするんだ」

倉田軍曹は注意した。

「平気ですよ。やられるときはどうせやられる。頭をやられなくても、腹をやられたっておしまいだ。自分は絶対に弾に当らない自信がある」

「自信なんて当てになるものか」

「自分は国のために死ぬ覚悟ができている。戦争で死ねれば本望です」

「しかし無茶はいかんよ」

「自分は無茶だと思っていない。隊の先頭に立つ以上、びくついてなんかいられない」

「おれが先頭に立ってもいいんだぜ」

「いえ、班長殿には最後まで指揮をとってもらわないと、先にやられたら困ります」

小松伍長は頑として言張った。

「どうかしちまったんじゃないのか」

中尾は心配して平山に聞いた。

「どうも分らねえ」

平山も首をかしげていた。

討伐は肉体的にも苦痛を強いた。重い装備で、汗が額を流れ胸を流れ、軍服にまで汗がにじんだ。風が吹くと、黄塵が舞い上った。北支特有の黄塵は衣服のあらゆる隙間から侵入し、涙がぼろぼろこぼれ、昼間でもランプをつけねばならないほど暗くなって、一メートル先の見分けもつかなかった。高粱畑がどこまでも続き、携帯口糧は不味く、つねに空腹を癒やすには足らなかった。中尾は早く除隊したい一心で幹候も下士候も志望しなかったが、今はその望みも絶たれたも同然で、いつ戦争が終って帰国できるか分らないのだ。

小松伍長の急激な変化は、ほとんど吃らなくなったのも不思議だが、トーチカ内の生活にも表れていた。陰気だったのが陽気になり、以前は背を向けるようにしていた猥談に加わって、内地にいた頃の、母親と娘を間違えて夜這いに失敗した話などを得意げに聞かせた。乳房のしなびた婆さんの蒲団にもぐって、やがて失策に気づいたがそのときはもはや遅く、逃げようとしたが強引に抱き締められて、ついにそのまま童貞を奪われ、娘への恋は諦めたという。

「そのおふくろは亭主が出征中で、きっと飢えていたに違いない。何しろ真っ暗だったたから、おれはてっきり娘のほうだと思いこんで、心臓をドキドキさせながら、しなびたオッパイをしゃぶったりして、どうしてすぐに分らなかったのか、まるでばかみたいだったな」

ほんとにばかみたいさ、と彼は言った。

彼の話は確かに滑稽だったが、あまり笑う者はいなかった。どことなく彼に相応しくなくて、話の細部に現実性が欠け、ぎごちなさがつきまとっていた。あとで平山が、「あれは小松の経験じゃない。友だちか誰かに聞いた話だろう。ことによると、あいつはまだ童貞かも知れない」と言ったが、中尾もその意見に同感した。

実際、兵隊たちは猥談が好きだった。ほかに愉しみがなかったせいもあるが、よく飽きないと思われるほどで、特に体験の豊かな補充兵には話術の巧みな者が多かった。しゃれたコントのようなものではなく体験談が殆どだが、そういう話のときがいちばん和気あいあいとして、倉田軍曹も相好を崩して話に加わっていた。野戦生活の長い彼は、淫売（マイピー）や密淫売（ショートルピー）との交渉をいかにも面白おかしく聞かせるのである。

しかし、野戦で入隊した兵の多くは、慰安所の娼婦に欲望を満たされたことがあるものだが、小松の話はいつも決って、郷里の風習という夜這いの話ばかりだった。それが中尾には哀しげに聞えた。

また小松は、その頃から情報をとるのだと言って、銃を持たずに平気で周辺の部落へ行くようになった。たいてい二時間くらいで戻ってくるが、顔馴染の民家で酒を飲んでくることもあり、「大丈夫ですよ。武装してゆくからかえって危いので、丸腰で行けば歓待してくれる。分遣隊は住民に危害を与えていない。割合信頼されています」

彼は倉田軍曹の注意を軽くいなした。

しかし中尾は、小松伍長のような楽観はできなかった。確かに分遣隊は附近の住民に危害を与えていない。新票で食糧などを徴発されるのは迷惑だろうが、なるべく住民との融和を計っている。だが、かつて日本軍が各地の戦闘で行なった残虐は、この辺地の住民にも聞えているはずだった。家を焼き家財を奪い、婦女を犯し、無辜の老人や子供まで殺した事実を中尾は見聞しているのだ。たとえそれが戦闘における不可避的な現実であっても、そう言って割り切れる者は、少くとも被害者の側にいないはずである。民族の痛切な怒りは、一人一人の胸に深く沈潜していると思わなければならない。

もっとも、小松は全く無警戒だったわけではなく、出かけるときは必ず手榴弾二個をポケットに入れていた。一つは当面の敵を斃すため、一つは捕虜になりそうになったら自爆するためだった。

「いい度胸だぜ」

倉田軍曹は呆れたように苦笑した。度胸自慢の倉田が苦笑したのである。

ところが、そんな会話がかわされて数日後、日中の二時頃出かけた小松伍長が夕方になっても戻らなかった。

「遅過ぎるな」

中尾が初めに気がついて平山に言った。

「ぼそぼその饅頭と若布ばかりで飽きたと言ってたから、どこかで飯にありついてるんじゃないのか」

「それにしても遅い」

「酒を飲まされているのかもしれない。あいつは丸腰で歩けるくらい人気があるらしい。いつか一緒に行ったら、知らない家でおれまでご馳走になった」

「彼が酒を飲みだしたのは最近だ。それも好きで飲むような酒ではない」

「酔っ払ったかな」

「酔って帰ったら、隊長に気合いを入れられる」

「出て行く姿を見たか」

「歩哨にことわっていた。いつもの服装で、隊長も承知しているはずだ。跳橋を下ろさなければ外出できない」

「うむ――」

平山も不安になったようだった。

そこへ、班長から隊長に昇格していた倉田軍曹が顔をだした。彼も小松伍長のことを心配し始めていたのだ。

「様子を見てきてくれ。湘李村をひとまわりしてくると言って出たが、酔っていたら、もちろん引っぱってこい」

倉田軍曹は中尾に命じて、四人の部下をつけた。

中尾は軽機をかつぎ、部下にも武装させて出発した。

まだ日没前だった。太陽が大行山脈の稜線に傾くのは七時過ぎである。風がなくて、歩き出すとすぐに汗をかいた。湘李村の入口まで一キロ足らずだが、生い茂った高粱畑の近道は敵が潜んでいる危険があり、小川沿いの道を迂回した。

村に近づくと、驢馬（ろば）の啼声が聞えた。悲しい声だった。なぜあんな悲しい声で啼くのかと思うが、それは中尾だけではなく、いつだったか小松伍長も、支那驢馬の声を聞くと何となくやりきれない気持になると言った。

村に入って、中尾はまず康文昌を訪ねた。康は日本軍の密偵だが、むろん信用はできなかった。しかし信用できなくても、たまには役に立つ情報を持ってくることがあり、村の顔役の一人なので、使い方次第で便利な男だった。抜け目のなさそうな細い眼をして、六十歳がらみの小男である。

「八路（パーロ）はきてないか」

中尾は親指と人差指をひらいて聞いた。その指の形は八の字を示し、八路軍の意味だった。

「きてないよ。八路がきたらすぐ先生（シーサン）に知らせる」

康は中国語に日本語の片言をまぜ、日常の会話程度なら中尾にも通じた。住民は日本兵をすべて先生と呼び、さらに機嫌をとるようなときは大人（たいじん）と呼んだ。

「小松を見かけなかったか」

「見ないね」

「こっちにきたはずなんだ」

「見ないよ」

「ここに来ないときは、どこへ寄るだろう」

「周の家で会ったことがある」

「ほかに心当りはないか」

「――」

康は女房と喧嘩をしたあとらしく、ふくれっつらで立っている太った女房を睨みつけ、それから中尾を見上げ、黙って首を振った。

周の家は村の奥手にあった。今にも壁が崩れそうな家で、康と同じ年ごろの背の高い男だが、病気で寝込んでいたらしく、やはり小松を見かけないと言った。

中尾たちはさらに、白髪まじりの短い顎ひげを生やした村長を訪ねた。

若者は戦争に赴いて、住民の大半は老人と子供である。この小さな村には国民政府軍や県の警備隊も駐屯していない。しかし八路軍に組織された民兵は、むろん便衣なので単なる住民との区別がつかず、いつ何処で日本兵を狙っているか分らなかった。

中尾たちはのんきそうに部落内を歩きながらも、それは討伐のときと同じで、つねに緊張し、一瞬の油断も許されなかった。中尾は警戒心が強過ぎるのかもしれないが、しかしそう思うと、独りで歩きまわっていた小松の大胆さが不思議だった。温厚に見える村長とて油断はできないし、子供だって油断できないのだ。現にある分隊では、歩哨一人を残して食事中、近くをふざけまわっていた二人の少年に油断していたら、いつの間にかその少年が監視所に上って背後から歩哨を刺殺し、跳橋を揚げられたためトーチカの外にいた兵士たちはトーチカに戻ることができず、そこを敵兵に襲撃され全滅したという例があった。

だから中尾は、くどいくらい同行した部下に注意を促して、村長を訪ねた。

大世帯の村長宅は、石油ランプを灯して食事をしているところだった。

村長は愛想のいい笑顔で迎え、食事をすすめた。康文昌より日本語を話せる老人だった。

しかし、中尾は鄭重に辞退して、小松の所在を訊ねた。

「見ませんけどね。どうかしたんですか」

村長は軽機を担いだ中尾や、部下の兵士の装備に不審を抱いた様子だった。

「いや、急用でちょっと探している」

中尾は言葉を濁した。

村長は家族や雇傭人にも聞いてくれたが、小松を見かけたという者はいなかった。彼らが食事している風景は平穏そのものに見えた。

小さな部落で、日本兵の姿は誰の眼にもつきやすいはずだった。

中尾は不安を募らせて帰途を急いだ。

小松は戻っていなかった。

日はとっぷりと暮れて、蟬の声だけが暑苦しく鳴きつづけていた。

「どうしたのだろう」

倉田軍曹もさすがに深刻な表情で考えこんだ。


――そのとき、すでに逃亡していたわけですか。

――そう言い切れるほど単純じゃなかったと思います。わたしは最初、小松さんは酔っ払ったので、倉田軍曹の気合いが怖くて帰れないでいるのかと考えた。しかし、だんだん時間が経つにつれて訳が分からなくなった。時間が経てば尚さら帰り難くなる。倉田軍曹も心配して、今度は十人くらいで湘李村へ行った。一軒一軒シラミ潰しにあたって、床下や納屋の隅まで調べた。だが、小松さんはとうとう見つからなかった。彼を見たという者もいなかった。外はもう真暗です。それこそ一寸先も見えない闇夜だった。ゲリラの危険があるから、懐中電燈をつけて歩くわけにいかない。その晩は捜索を打切るほかなかった。

倉田軍曹を初め、わたしたちがいちばん心配したのは、ゲリラにやられたのではないかということだった。その次ぎが逃亡です。しかし、逃亡すれば郷里の家族がどんな目に遭うか分っているはずだった。兵隊は郷里の栄誉を担って出征している。軍歌の文句じゃないけれど、歓呼の声に送られてきた。日の丸の襷をかけ、わたしなんかの場合も、出征のときは万歳の声と旗の波だった。「勝たずば生きて帰らじと」なんて歌の文句が、その通りに受取られていた時代です。出征兵士をだした家には、栄誉を誇示させるように「出征兵士の家」という紙が貼られていた。その兵隊が逃亡したと分ったら、身内の者は恥ずかしくてその土地にいられないでしょう。彼には妹がいたが、その妹の縁談にも差支えます。それに、分遣隊にきた初め頃の彼は気の毒なほどいじけて、補充兵にまで舐められていた。しかし、その後の彼は別人のように勇敢になったことは前にお話しました。彼が軍隊を嫌っていたとか、逃亡を図っていた様子は全くありません。彼に較べたら、わたしや平山のほうが遥かに軍隊を嫌って、いつ還れるかということばかり話し合っていた。

――さっき話にでた逃亡兵の沼口さんが、手引きをしたということは考えられませんか。

――考えられませんね。逃亡兵はほかにもいたし、戦闘のあと、明らかにもと日本兵とわかる刺青をした者を、敵の遺棄死体の中に見つけたという話も聞いていました。でも、沼口の声を聞いたのは呂江庄のときだけだった。

——小松さんは親孝行でしたか。

——いつも両親妹といっしょに撮った写真を持っていました。彼は父親似らしく、妹のほうはおふくろに似て、丸ぽちゃの可愛い顔をしていた。いつ届くか分らない葉書を、いなくなった前の晩も書いていたが、あとで倉田軍曹に見せてもらうと、別にどうという手紙でもなく、妹宛で、国のために元気で頑張っているから安心してくれ、というようなことしか書いてなかった。

——どうぞ、お話をつづけてください。

小松伍長は翌朝になっても戻らなかった。

倉田軍曹と平山、中尾が捜索方法を協議した。そこへ、密偵の康文昌が小走りにやってきた。旧斉村で小松を見た者がいて、銃声を聞いた者もいるという情報だった。

旧斉村は、湘李村から二キロほど離れ、戸数四十戸あまりの部落で、分遣隊の駐屯地と湘李村を結ぶ線から、不等辺三角形の一端をなす地点にあった。徴発などのために中尾も何度か行ったことがあるが、治安情況のわるい部落ではなかった。

塩と引換えに聞きだした康文昌の情報を総合すると、小松伍長がしばしば単独で外出したのは、旧斉村にいる林麗という女に会うためだったらしく、昨日も林麗の家に入る姿を見られていて、銃声はそれから約一時間後に起ったという。目撃者は康の親戚の者で、林麗の筋向いに住んでいた。

「それで、小松はいまどこにいるのだ」

倉田軍曹の声は険しかった。

「知りません」

「林麗のところじゃないのか」

「林麗はいなくなった」

「どういうわけだ」

「知りません」

「銃声というのは、小銃の音か機関銃の音か。それとも、手榴弾が爆発するような音じゃなかったか」

「そういうことは分りません。銃の音です」

「銃声を聞いたら、村の者が騒いだはずだろう」

「分りません」

「最近の八路(パーロ)の様子はどうなんだ。旧斉村にきていたのか」

「八路がきたら、すぐ先生に知らせます」

「とにかく昨日、小松が林麗のところにいたのは間違いないんだな」

「間違いないです。徳は小松さんをよく知っている」

徳という男が康文昌の親戚だった。

康の話はいっこうに要領を得ない。

倉田軍曹は康に同行を求め、兵三名を残して出動を命じた。軽装備だが、弾薬は充分に持たされた。

「林麗というのは、どんな女だ」

歩きながら、平山が康に聞いた。

色の白い二十歳くらいの女で、亭主は重慶軍に引っぱられたきり音信がなく、生死も分らないらしいという返事だった。

「美人なのか」

「少し美人です」

「少しって、どのくらいだ」

「ほんの少しです」

「金を出せば寝るような女か」

「違います。徳のところで百姓を手伝っていた。赤ん坊がいたけど、熱をだして死んでしまった。片眼が潰れて、頭に毛のない赤ん坊だった」

「亭主がいなくなって、独りで暮していたのか」

「はい」

「八路の密偵じゃないだろうな」

「違う、違う」

康は首を振った。

倉田軍曹が康を同行させたのは、通訳させるためもあったが、彼が敵に通じていないことを確かめる意図もあった。彼が敵側の密偵で、情報をネタに倉田軍曹以下を誘い出す役を買ったとすれば、同行を避けるに違いなかった。

旧斉村に入り、まず林麗の家を覗いた。物置のような粗末な家だが、壁紙をきれいに貼ってあり、室内は整頓されていた。がらんとして、人影はなかった。土間の隅に楊柳の枝で編んだ籠(パイスケ)が転がっているだけだった。倉田軍曹や平山が筕篖(アンペラ)を敷いた部屋に上って、戸棚などをかき回した。

中尾はきれいに畳んであった蒲団を広げてみた。血糊の痕がべったり残って、まだ乾ききっていなかった。

「小松の血だろうか」

倉田軍曹が顔色を変えて、血痕に触れた。指が赤黒く染まった。

「メンスにしては量が多い」

女郎屋の経営者だったという補充兵が覗き込んで呟いた。

徳は自宅の裏庭にいた。水車を回している驢馬をぼんやり眺めていたようだった。頬骨の高い痩せた老人で、鍔の広い帽子を阿弥陀にかぶっていた。

康が倉田軍曹を紹介した。

徳は胸を張るように頷き、ニコリともしなかった。耳がやや遠いらしく、康の通訳は大声で、それは時おり喧嘩のような口調になったが、よく聞くと、話がいつの間にか外れて康の女房の悪口になり、康の女房が徳の妹だということが分かった。

倉田軍曹は口論の仲裁をする恰好で、何度も話を戻させなければならなかった。

その結果ようやく分ったことは、小松が林麗に情を通じていたらしいことと、銃声が聞えたのは小松が林麗の家を去って間もなくであるという二点だった。銃声は機関銃のような連射音ではないが、つづいて七、八発聞え、誰が射ったか分らないと徳は言った。その後の徳の口ぶりは康のお喋りを批難するようで、八路軍については何も知らないし、林麗がどこへ行ったかも知らないという。

徳の口から、それ以上の話を聞くのは無理なようだった。

しかし、口が堅いのは徳ばかりではなかった。通りがかりの老婆に聞いても、路傍で遊んでいる幼い子供に聞いても、知らないという返事しか返ってこなかった。

「畜生！」

倉田軍曹は唸った。唸ったところで、どうにもならなかった。湘李村でやったように、またシラミ潰しに一軒一軒探したが、結果は同じだった。

分遣隊はむなしく引揚げた。

小松伍長は銃を持たなかったから、銃声が聞えたとすれば、それは敵の射撃したものに違いない。林麗の蒲団に血痕が残っていたのは、小松が負傷したことを示しているのではないか。しかし、それから小松はどこへ姿を隠したのか。殺されたなら死体が見つかりそうなものだが、かなり広範囲に調べてもついに見つからなかった。林麗の失踪も腑に落ちないことの一つである。

「逃亡か捕虜になったか、そのどっちかだな」

倉田軍曹は苦り切っていた。

「捕虜になるはずはない」

平山が言った。

「なぜだ」

「急を襲われたとしても、小松伍長は手榴弾を持っていた。捕虜になるくらいなら自爆したに違いない」

「分るものか。あいつは腰ぬけ野郎だった」

「それは以前のことでしょう」

「だから余計くさいと思わないか。あの腰ぬけの弱虫が急に勇敢になるわけがない。単独外出だって、分ってみれば女と寝るためじゃないか。こっそり女に会いたい一心で、ほかのほうも勇敢に見せかけていた」

「しかし見せかけの勇敢にしては、弾がビュンビュン飛んでくるのに彼は鉄帽もかぶらなかった。女に会いたい気持は分るが、いつでも死ねる覚悟ができていなかったら独りでは出歩けない」

「中尾はどう思う」

倉田軍曹は中尾のほうを見た。

「まだ何とも言えませんね。問題は銃声ですが、あれは夫婦喧嘩の仲裁か何かで康文昌に会った徳が、不用意に洩らしたことでしょう。だからかなり信憑性がある。部落全体で事実を隠しているふうだが、小松伍長が敵にぶつかって負傷したことは間違いないと思います」

「おれが問題にしたいのは、それから先のことだ。女と会った帰りに負傷して、根が臆病だから帰ろうにも帰れない気持になり、もたもたしていれば噂が飛んでおれたちが探しにくるし、それで女を口説いてずらかったんじゃないかな。多分そんな見当だろう」

「でも、大分出血したようだった」

「あいつは体だけは頑丈にできている」

「しかし、小松伍長がなぜ女にモテたかな」

平山は事件そのものより、小松と林麗との関係を不思議がった。

「とにかく、中隊長に報告しなければいかんだろうな。このまま帰らなかったら離隊逃亡だ。しかも敵前だぞ」

倉田軍曹はますます苦い顔をして、吐き出すように言った。

敵前において故なく隊を離れた者は、陸軍刑法により、死刑、無期もしくは五年以上の懲役または禁錮に処せられる。この場合、敵前とは交戦中たることを要しない。敵と相対峙している前線はすべて敵前である。

むろん、逃亡者をだすことは軍全体の名誉にかかわり、小隊長、中隊長から大隊長に至るまで責任の所在を問われる事件だった。昭和十六年に公布され、東条陸相の名で戦場に下達された戦陣訓は、捕虜になることを許さず、戦闘中に兵隊が自爆するようになったのはそれ以後である。


――そうでしたね。私なども、負傷して動けなくなったら自爆しろと言われました。

――あの事件当時のわたしは、小松さんが捕虜になるくらいなら、どこかで自爆していてくれたほうがいいと本気で思っていました。八路軍の実態がよく分からなかったし、やはり戦陣訓に脅されてましたからね。電話線がゲリラにやられて不通だったので、倉田軍曹が部下を二人つれて中隊本部へ行ったのは、その日の夕方です。そして戻ったのが、夜半過ぎというより明方近かったでしょう。話を聞いて、中隊長は青くなったそうです。倉田軍曹は「ざまを見やがれ」なんて、鬱憤を晴らしたみたいに言ってたけど、それは一度も分遣隊を視察にこないで酒ばかり飲んでいるという中隊長への反感で、倉田軍曹は案外部下思いだった。一睡もしないまま、表沙汰にならぬうちに小松さんを見つけてやらないと可哀相だといって、朝のうちから捜索を始めた。事件が分ってから三日間、倉田軍曹はほんとに一睡もしなかった。好きになれなかったひとですが、あれは今でも偉かったと思っています。捜索はその後も連日でした。日本兵がいるらしいという情報が入ると、すぐ自分が先に立って出かけました。飽くまでも、自分らが見つけてやらないと、小松さんのほうからは出てきにくいだろうからという考えだった。そのため、ずいぶん危い目にも遭っています。敵がいるという部落へ行ったときは、目標の建物に向って二、三発射つと、敵がいればすぐ反撃してくるから分る。ところが反撃してこないので安心して部落に入ったら、突然一斉射撃をくったことがあり、そのときは兵隊が三人戦死しました。一週間がかりで山を越え、暑いし腹はへるし喉は乾くし、それこそ死にたくなる思いをしながら、無駄足で帰ったこともあります。

——林麗の行方もそれっきり不明ですか。

――不明でした。

――やはり八路（パーロ）の密偵だったのだろうか。

――いや、思想的なものは何もない平凡な女だったらしい。小松さんに惚れて、自分からついて行ったようです。小松さんの逃亡が八月末で、わたしが石家荘の憲兵隊に呼ばれて行ったのが十二月二十五日、ちょうどクリスマスだった。風が冷くて、震え上るような寒い日でした。

――突然呼出しがきたんですか。

――そうです。初めは中隊本部へこいという連絡で、いよいよ南方へやられるのかと思ったら、中隊長がものすごく不機嫌な顔をしていた。あなたもご存じでしょうが、兵隊が三日間所在不明だったら、離隊逃亡とみなして逃亡調書をつくる。「長期にわたる戦地勤務に耐えかね、生命の安全と安逸なる生活を望むあまり、ついにここに離隊するに至る」という式の決まり文句です。体裁をつくろうだけですが、この逃亡調書には書置をつけなければならない。小松伍長の場合はもちろん書置などありません。ところが、こういう場合もやはり決まり文句があるらしく、倉田軍曹がよく知っていて、わたしが書置をつくらされた。「私は思うことがあり隊を離れます。中隊長殿班長殿、まことに長い間ありがとうございました」というような文面です。だから書置がインチキだということは、中隊長も当然知っていたはずですが、それが表面に出ては困るわけでしょう。中隊の手を経ないで、憲兵隊に直接逮捕されたのでは、小松伍長がどんなことを喋ったか分らない。

——呼出されたのは中尾さんだけですか。

——そうです。不思議でしたが、倉田軍曹は呼ばれなかった。大隊本部に寄ったけど、そこでも詳しい事情が分らず、貨物列車で石家荘へ行きました。

——小松伍長に会えましたか。

——なかなか会わせてもらえなかった。わたしを調べたのは憲兵准尉で、静かに話すひとでしたが、底の知れないような冷い感じだった。そして、上官を暴行したことがあるだろうといきなり言った。小松さんはわたしが怖くて軍隊が厭になり、それで逃亡したと言ったらしいのです。わたしはもちろん否定しました。


中尾は小松伍長の供述を否定した。

坂上少尉が呂江庄で戦死する頃まで、小松は臆病で意気地のない下士官だった。坂上少尉が彼を無視する態度をとったことは珍しくないし、倉田軍曹に罵倒され、部下の前で殴られたことも何度かあった。そして、上等兵の中尾や平山に文句ひとつ言うことができず、補充兵にさえ舐められていた。

しかし中尾にとって、小松伍長はいやしくも上官だった。確かに軽く見てはいたが、暴力をふるったことはなかった。前線では特に入隊年次の古い兵が幅をきかしたが、それにしても上官に制裁を加えるなどということが許されるはずはなかった。しかも、そのうち小松は見違えるほど勇敢になり、倉田軍曹が一目置くくらいになっていた。逃亡当時、彼が制裁を恐れたとは考えられない。

「しかし小松は、きさまが怖くて逃げたと言っている」

憲兵准尉は抑揚のない声で言った。強いて言えば退屈しているようで、のっぺりした顔もほとんど無表情だった。

「自分には憶えがありません。小松伍長殿に会わせてください」

「会わせるわけにはいかん。それに、もう殿をつける必要はない。彼は被告だ」

「その被告は確かに小松伍長でしょうか」

「間違いない。名前を名乗って自首してきた」

「自首したんですか」

「ヘマをして八路から追出され、行き場がなくなったのかもしれん」

「どんなヘマですか」

「分らんが、彼には女がいた。林麗という女を知ってるだろう」

「名前は知っています」

「名前だけか」

「はい」

「逃亡した頃の、彼の勤務ぶりを聞こう」

「勇敢で模範的な上官でした。つねに決死の覚悟だったと思います。逃亡した理由が未だに分りません……」

中尾は、小松が臆病だった頃のことに触れないで、いかに敵を恐れず戦闘に挺身したかを話し、つづいて、憲兵隊はすでに小松と林麗の仲を知っている様子だったから、捜索にあたったときの状況などもありのままに話した。

「林麗は敵の密偵じゃなかったのか」

「そういう情報は入っておりません。林麗も逮捕されたんですか」

「いや、林麗は死んだらしい。小松の話では、肺炎で死んだそうだ」

「自首してきたのはいつでしょうか」

「一週間ほど前だ」

「それまで、ずっと八路軍にいたんですか」

「厄介者になっていたようだ」

「自分は信じられません。なぜ逃亡したのか、なぜ制裁を恐れたなどと言うのか分らない。お願い致します。小松伍長に会わせてください」

「会っても始まらん」

「ぜひ会わせて頂きたいのです」

中尾は懸命に頼んだ。ここで会えなければ、二度と会えないだろうと思った。

小松伍長の逃亡について、倉田軍曹は臆病風に吹かれたせいだと言っていたが、中尾はひそかに別の仮説をたてていた。

確かに、小松は臆病だったに違いない。しかし、その臆病が急に彼を大胆にさせたのではなかったのか。誰だって命が惜しいし、一日も早く内地に還りたいと思っている。敵に遭遇すれば、もちろん怖い。そういうことは、軍人の禁忌(タブー)としてなかなか口に出せないでいるだけだ。死はつねに彼を脅しつづけたはずだった。ある程度までは戦場に馴れるということもあるが、恐怖が全く消え去るということはない。中尾が自分をかえりみても、度胸の半ば以上は諦めを伴った自棄(やけ)である。だから小松伍長の場合は、その自棄が極端に烈しかったのではないのか。臆病のあまり、緊張に耐えきれなくなった末に、その反動作用で死に向って居直ったのではないか。

鈍重で、始終殴られていた彼は、軍隊を嫌っていたはずである。ようやく下士官になったが、上官にも部下にも疎まれていた。しかもいつ敵に襲われ、命を失うか分らぬ毎日だった。彼はますます軍隊生活が厭になったに違いない。そして、どうせ生きては国へ還れぬと諦めたとき、途端に度胸がすわった。それは度胸というより、現実の苦痛から逃れる唯一の方法として死を選び、その決意を堅めたとみるほうが正しいのではないか。だから彼が、鉄帽もかぶらずに先頭に立って戦ったのは一種の自殺行為で、早く敵弾にあたって死にたかったのではないか。

この場合、自爆しなかったのは適当なチャンスがなかったからで、またほかの方法で自殺しようとしなかったのは、郷里の両親や妹におよぶ迷惑を考えたせいだろう。本当は、名誉を讃えられる戦死をしたかったに違いない。

しかし、それなのに彼が逃亡したのはなぜか。彼が反戦思想を抱いていたとは思えない。小学校をでただけの、貧しい百姓の伜(せがれ)で、共産主義を理解していたとみるべき片鱗もなかった。たとえ軍隊生活に馴染まず、いかに臆病だったにしても、彼はごく平凡な考えの兵士であり、国のために死ぬということを当然のように受取っていたはずである。中尾自身も、当時は尽忠国難に殉じるということをいささかの疑いもなく信じていたのだ。

「……五分でも三分でも結構です。面会を許してください」

中尾は殴られそうな気配を感じながら、執拗に懇願した。

憲兵准尉はためらいを見せ始めた。小松伍長の供述に不審があって、それが准尉をためらわせたのかもしれなかった。

准尉はしばらく黙っていたが、傍らに控えていた下士官に、小松伍長の連行を命じた。

直立不動のまま、待っている時間はずいぶん長いように思われた。

准尉は分厚い書類を拾い読みのようにめくり、時おり咳払いをした。

やがて下士官のあとにつづいて、手錠姿の小松が、憲兵の腕章を巻いた体格のいい兵隊に腰縄を引っぱられてきた。

視線が合うと、小松は食い入るようにじっと中尾を見つめた。その細い眼はいかにも懐しそうで、また今にも泣き出しそうだった。頬の肉がげっそり落ちて、不精ひげが疎らに伸びていた。

「十分間与える。自由に喋ってよろしい。ただし、こそこそ喋るんじゃない」

憲兵准尉が言った。

自由に喋っていいと言われたが、中尾は考えていた言葉が思うように出てこなかった。

「足をどうかしたのか」

中尾は、小松が入ってきたとき軽いビッコをひいていたのに気づいていた。

「敵弾にやられたんだ」

「いつだ」

「あのとき、旧斉村から隊へ戻る途中だった」

小松は俯きがちに答えた。吃らなくなっていたのが、また少し吃るようになっていた。

「あのときのことを詳しく話してくれないか。みんな心配して探したんだ」

「済まない」

「敵にぶつかったのか」

「おれはいつも間抜けだった。いや、その前に林麗の話をする。何もかも喋らないと気が済まないんだ。おれは康文昌の口ききで、旧斉村の徳という男を密偵にしようとした。徳はウンと言わなかったが、林麗を知ったのは徳の家だった。おれは林麗を好きになった。おれはばかだから、女を知らないから林麗を好きになったわけじゃない。林麗は心のやさしい女だった。おれは林麗の身の上話を聞くようになった。それで、あのときも本当は康文昌に会うつもりで出たけど、つい林麗のところへ行ってしまった……」

小松は訥々と話した。

林麗に会っていたのは、小一時間に過ぎなかった。

小松は帰り道についた。八路軍の便衣兵数人に出会ったのは、旧斉村を出て間もなくだった。高粱畑を過ぎた雑草の向うに、数人が休憩中らしく腰を下ろしていた。便衣だが、小銃が見えたので敵兵と分った。小松のほうは軍服だから、敵も小松を見るなり日本兵と気づいたに違いない。敵は慌てたように立上った。小松は機先を制するつもりで、所持していた手榴弾を投げた。

狙いは確かだった。

しかし、手榴弾は爆発しなかった。残る一弾は自爆用だった。敵弾が小松の左大腿部を貫通し、烈しい痛みが右の肩先も貫いた。高粱畑に潜ったが、転倒し、動けなくなった。敵兵の声が近づいた。小松は捕虜になると思って自爆を図った。安全栓を抜き、信管を叩きつけた。しかし、地面が柔かだったせいか、力が足らなかったせいか、手榴弾はまたもや不発だった。三度試みて、三度とも失敗した。敵兵の声はいよいよ近づいてきた。そのあと、高粱畑を潜りぬけ、おそらく林麗の家に辿りつくことができたのは精神力だった。彼の脳裡には、捕虜になったら生埋めにされるという倉田軍曹の見聞がこびりついていた。彼は林麗の家に裏口から転がりこむと、もはや起上る力もなく、意識を失った。

意識を回復するまでに、どのくらい経ったか分らなかった。気がつくと周囲は暗く、担架に乗せられて、林麗が附添っていた。

彼は何か言おうとしたが、口をきいてはいけないと言われ、やがてまた意識を失ってしまった。

「八路の捕虜になったのか」

「肩の傷は大したことなかったらしいが、足の出血がひどくて、高い熱が何日もつづいた。体も起こせないくらいだった。舌を嚙んで自殺しようとしたが、とうとうそれも出来なかった。意気地なしと言われても已むを得ない」

「拷問はされなかったのか」

「されなかった……」

小松は担架に乗せられたまま、山をいくつか越え、洞窟の奥に収容された。そこは三十人ほどの敵兵が始終出入りしていた。意外だったが、小松は訊問を受けることもなく、普通の病人のように看護され、林麗がいつも附添っていた。言葉は片言しか通じなかったが、林麗の看病は献身的だった。彼女は八路軍などの抗日組織に入っていたわけではなく、負傷した小松が連行されるというので、無理に随行を頼んでついてきたことがあとで分った。

やがて傷の痛みが薄らぎ、体を起こせるようになったところへ、日本人だという男がふいに訪ねてきた。逃亡中の沼口ではなかった。背の高い四十歳がらみの、偽名かもしれないが梶という名前が分っただけで、もと日本兵だとは言わなかった。彼は見舞いにきたと言い、呂江庄で沼口が呼びかけたように、八路軍は日本兵を敵視していないことなどを静かに話し、それから日本軍の状況を聞こうとした。

小松はひとことも答えなかった。何を聞かれても、暗い天井を眺めていた。両親や妹のことをぼんやり考えていた。梶は根負けしたようだった。「また来るけど、体を大切にしてくれ」と言って梶は帰りかけた。小松は、殺してくれと頼んだ。それは捕虜になって以来、何度も八路軍の兵士に頼んでいたことだった。しかし、梶は穏かな微笑を残して立去り、その後は二度と現れなかった。

一方、八路軍の作戦はあわただしく続いているようだった。隊の移動に従って、小松もまた担架で運ばれ、次第に歩けるようになったが、監視の眼が届いていて隊を離れることは出来なかった。足手まといになっているはずの彼を、なぜ見捨てないのか不思議だったが、多少話が通じるようになった監視の兵たちはみんな暢気に見え、林麗と結婚して子供を生むことをすすめた。その間に、小松はいくたびも自殺を図った。行軍中に崖から飛降りようとしたことも、首を縊ろうとしたこともあった。彼はそのたびに失敗した。あるときは日本軍に遭遇し、弾丸が耳もとをかすめ、つい百メートルほど先に日本兵の姿を見たこともあった。

「そのときがいちばん怖かった。黙って蹲っているほかなかった。逃亡中に捕れば死刑になると思っていた。でも、おれが怖かったのは死刑ではない。死ぬ覚悟はできているつもりだった。おれはおやじやおふくろや、妹のことを考えたのだ。何とか脱走して、友軍に戻ってから死にたかった」

「おやじさんはいくつだったかな」

「ちょうど六十になる。おふくろが五十三で、妹が二十二だ」

「林麗は死んだそうだな」

「うん。あれは可哀相な女だった。もともと丈夫ではなかったが、おれについて歩いて無理をした。三日も雨に叩かれる行軍がつづき、急に熱を出して、肺炎を起こして死んでしまった。二十日くらい前の晩だった。死ぬとき、おれは手を握っていてやることしか出来なかった。脱走の機会は、それから間もなくきた。おれは地理も分らないまま山を越え、ようやく町にでて、憲兵隊を見つけて自首した。逃亡の汚名をきたままでは死にきれない気持だった」

「分ってるよ。あんたはいつでも死ぬ覚悟で戦っていた。しかし、なぜおれの制裁が怖くて逃げたなんて言ったのだ。おれはあんたを殴ったことなど、一度もなかった」

「中尾さんに会いたかったんだ。一目でいいから会いたかった。おれにやさしくしてくれたのは中尾さんだけだった。中尾さんだけが、おれをばかにしないでつき合ってくれた。それで、おれは負傷して気絶した間に捕虜にされたが、中尾さんが怖くて戻れなくなったと言ってしまった。許してくれ。もう国へ還れないと思ったら、急に中尾さんが懐しくて、ほかに会いたいひとはいなかったんだ」

小松の眼に涙がひかっていた。それは瞬けば溢れ落ちそうだった。

中尾は意外だった。とりわけ優しくした憶えはないし、特に意地悪をした憶えもないが、彼がそれほど懐しい気持を抱いているとは思っていなかった。

中尾は、今さらのように小松の孤独が分った気がした。

「それまでだ。被告を房へ戻せ」

黙って聞いていた憲兵准尉が、打切りを命じた。

予定の十分間は過ぎていた。

「体に気をつけろよ」

中尾は別れ際にそう言った。

小松は答えないで、涙を見られたくないように背中を向けた。

――小松伍長に会ったのは、そのときが最後ですか。

――ええ。軍法会議へ送られて、死刑を言渡された。

――自首したのに死刑ですか。

――罪名が敵前逃亡と奔敵ですからね。敵前逃亡だけでも死刑になる者が多かった。

――しかし奔敵というのは。

――これはあとで知ったことですが、投降した者はみんな奔敵になる。敵側に奔ったという意味です。負傷して已むを得ず捕虜になった者でも、そいつは必ず味方の情報を敵に喋ったとみなされ、やはり奔敵罪で処罰される。全く無茶な話だが、負傷して動けなくなったら自爆する以外になかった。だからいったん捕虜になった者は、どうせ原隊へ戻ったら死刑にされるので、敵側について必死に日本軍と戦った者も多いようです。

――それなのに小松伍長は自首したんですか。

――彼はばか正直だったんですよ。両親や妹のことも考えたでしょうが、彼としては、自首というより、捕虜になったけど脱走してきたという気持のほうが強かったに違いない。そうすれば死刑になるとは思っていなかったのではないだろうか。脱走に成功したら、むしろ賞められると思っていたかもしれない。彼なら、そう考えてもおかしくない。

——しかし、そうやって戻ってきた者を死刑にするとはひどいですね。敗戦になって、アメリカ軍に降伏した将官や佐官連中が、その後は自衛隊の幹部になったり政治家になったりしている。

——死んだ戦友には気の毒だが、今さらそんなことを言っても仕様がないでしょう。

——そういえば、倉田軍曹も亡くなったそうですね。

——あのひとが亡くなったのは敗戦後です。わたしはシベリアに抑留されたが、倉田軍曹たちは重慶軍といっしょに八路と戦わされ、帰国できる日を眼の前にしながら死んでしまった。

——小松さんは死刑の判決をうけて、すぐ銃殺されたんですか。

——いや、これもあとで聞いたことですが、処刑される前の晩に、首を吊って死んだそうです。わたしはそのときの小松さんの気持が、よく分る気がします。口惜しくてたまらなかったに違いない。

——軍法会議に対する抗議ですか。

——…………。

——それとも、死ぬ覚悟ができていたことを示すつもりだったのでしょうか。

——…………。

——今度、気が向かれたら戦友会にでてくれませんか。

——ええ、そのうち。

——北支の、空の青さを憶えておられますか。

——憶えています。

——もう秋ですね。お仕事のほうはいかがですか。

——何とかやっています。伜たちも大きくなりましたから。

従軍免脱

——海ゆかば水漬く屍　山ゆかば草生す屍
おほきみの辺にこそ死なめ顧みはせじ
（大伴家持）

〈陸軍刑法〉

第五十五条　従軍ヲ免レ又ハ危険ナル勤務ヲ避クル目的ヲ以テ疾病ヲ作為シ、身体ヲ毀傷シ其ノ他詐偽ノ行為ヲ為シタル者ハ左ノ区別ニ従テ処断ス。

一　敵前ナルトキハ死刑又ハ無期若ハ五年以上ノ懲役ニ処ス。

（以下省略）

矢部の名前を聞くのは何年ぶりだろうか、と村井は思った。しかし、

——別人かもしれませんよ。珍しい名前じゃないし、中支にいた頃の事件ですから。

——中支のどの辺ですか。

——漢口から百キロくらい離れていました。寧昌に大隊本部があって、わたしたちの中隊がいたのは塘安という町です。

——留守名簿によると、矢部さんは佐賀県の出身です。

佐賀県の出身、憶えがないな、といってどこの出身だったか、どうも思い出せない、熱のせいかも知れない、頭が少しぼんやりしている、おれが憶えている矢部上等兵は、愛嬌のある団子鼻の丸顔で、ほかの連中がシラミ退治をしている間でも、彼だけはあまり痒くないようで、いつも小さな手鏡に向ってニキビを潰していた、あの頃はもう南方の戦局が悪化していて、前線にいたおれたちは何も知らされなかったけれど、連隊や大隊の作戦目的さえ本当のことは何も知らされなかったのだが、補充兵が全然こなくなったし、補給も

途絶えがちになり、流れてくる噂を聞いても、南方が大変らしいという見当はついていた、でも、おれたちは戦争に負けるとは思わなかった、支那では一度も負けたことがなかったんだ、日本軍と違って、蔣介石の重慶軍は敵わないと思ったらすぐ逃げてしまう、三倍くらいの兵力でも逃げてしまう、今考えると、あれは日本軍を奥地へ引っぱりこみ、戦線をひろげて兵力を分散させる計画だったのかも知れないが、とにかくあんな広い土地を占領しきれるものじゃない、おれたちは戦いに勝ちながら、だからいつも心細くて、それにいつ内地へ還れるか分らないというので、次第に気持が荒んでいった、おれだって、あの頃を思うと背中が寒くなるような気分だが、矢部もそういう兵隊の一人だった。テッケツ（剔抉）に出動するときは浮き浮きするほうだったし、別に変った男ではなかった、

矢部上等兵は変った男ではなかった、と村井は思っている。

塘安は小さな町だが、重慶軍が退却したあとで、その焦土戦術のため、日本軍が攻め入ったときは無人の廃墟と化していた。中隊は、そこに附近の部落から資材を徴発して宿舎を設営し、半年あまり駐屯した。徴発といえば聞えはいいが、老人と子供しか残っていない部落へ押入って、強引に奪うのである。補給がないから已むを得なかったとも言えるが、剔抉もまた索敵行動に名をかりた掠奪が目的になることが多かった。

むろん、隊の行動には生死の危険がつねに伴った。敵は重慶軍ばかりではなく、重慶軍と協約した地方軍閥の傭兵が各地に出没し、中国共産党の新四軍も民兵を組織して日本軍の不意を襲った。

しかし駐屯地の警備に倦(う)んだ兵隊たちは、それでも剔抉に出動することを好んだ。これを好戦的とみることは必ずしも当っていない。みんな祖国へ還る日を夢みていたのである。そしてその夢の内側で、血腥(なまぐさ)い戦場生活に馴らされ、絶えず獲物を追っていなければ落着けない野獣の習性を身につけてしまっていたのだ。見渡す限りの水田地帯を、行軍は涯なくつづく。重い背嚢(はいのう)を背負い、三八式の小銃を担ぎ、汗と埃にまみれ、クリークを渡り、山を越え、また山を越える。そんな強行軍が三日も四日もつづく。落伍したら敵に殺される。ふらふらになって、真っ暗な夜は、前を歩いている戦友の背嚢に結びつけた白布を頼りについて行く。そして部落を発見する。凧が揚がっていたら、それは民兵の合図だから警戒しなければいけない。しかし日本軍が部落に着く頃は、住民はほとんど逃げたあとで、老人や幼い子供が残っているだけだ。兵隊は野獣に等しくなっている。飢を満たし、渇を癒やし、女を見つければ強姦した。泣叫ぶ嬰児を、うるさいという理由だけで刺殺した兵隊もいた。あるいはまた、行軍の途中、通りかかった老人を敵の密偵に違いないと言い、追いかけて射殺した下士官もいた。彼らは単に獰猛だったのではない。心の奥底で、つねに何かを恐れ、気が狂いそうなほど怯えていたのだ。しかし、いったい何がそんなに怖かったのか、敵の襲撃が怖かったことは確かだが、それなら軍袴(ぐんこ)を下げるような真似をできるはずがない、おれにはよく分らない、どうもよく分らない、ほかの連中はどうだったのだろう、例えば矢部は平気だったのだろうか、テッケツに行って、おれは竹藪に隠れていた女を見つけた、顔に泥をなすりつけていたが、まだ若い女だった、二つか三つくらいの子供を抱いて、じっと蹲(うずくま)っていた、女はおれに見つかったことが分ると、ふいに顔を上げて、股をひらいた、股の上のほうに、濃い牡丹色の斑点がいくつも浮かんでいた、「先生看々(シーサンカンカン)」、女は自分の股を指さし、低い震えるような声でしきりに繰返した、おれは騙されなかった、女の胸をひらき、腕をまくり上げてみた、牡丹色の斑点は股の部分だけだった、おれは子供を追払おうとした、子供は女の肩にしがみついていた、吊上ったような眼でおれを睨んでいた、いくら追払おうとしても、子供は女から離れなかった、おれは意欲を失った、急に怖くなったのだ、子供の眼が怖かったわけじゃない、急に何かが怖くなった、おれはその場を去ろうとした、ところが、そこへきたのが矢部だった、

「もう済んだのか」

「いや、この女は病気を背負っている」

「嘘をつけ」

「牡丹カイセン（梅毒）だ」

「どうかな」

矢部は掌に唾を吐き、女の内股をこすって振返った、紅のあとが掌にうつったようだった、振返った彼は笑いを浮かべていた、卑しい笑いではなく、残忍な笑いでもなかった、欲しい物を与えられた小児のような笑いだった、そして軍袴を下ろし、抵抗する女を蔽った、おれはそれ以上見ていられなかった、子供が彼の頭をけんめいに殴っていたが、彼はいっこうに平気らしく、その彼が別に変った男ではないとすれば、おれの方が変っていたのだろうか、いや、少くともあの頃までの彼は、別に変った兵隊ではなかった、

——思い出されましたか。

——憶えてはいるんですよ。でも、わたしの知っていた矢部さんとは違うような気がする。

——佐賀県の出身じゃありませんか。

——どうでしたかね。

——私たちの部隊は、昭和十七、八年頃から何度も編成替えがあって、半数は北支で敗

戦を迎えましたが、あとは真っすぐ南方へやられた者と、いったん中支へ転属してからビルマへ送られた者がいます。

——わたしはビルマへ送られた組です。とにかく軍の上層部のやることは、わたしのような下級の者にはまるっきり分りません。なぜ中支へ移されたのか分らなかったし、ビルマへ行くときも、ついに南方の島行きかと思って諦めていたら、途中で方針が変ったらしく、急にシンガポールへ上陸させられて驚いたくらいです。

——運がよかったんですね。

——そんなことはありません。わたしは奇跡的に助かったようなものです。

——ビルマ方面でも従軍免脱がありましたか。

——いいえ、インパール作戦が失敗してから、敗走中に逃亡した兵隊のことはずいぶん聞きましたが、従軍免脱の話は聞いていません。

——従軍免脱が多かったのは、大体日支事変の昭和十四、五年までのようですね。軍規もかなり乱れて、それで戦陣訓がでたと聞いています。

——戦陣訓がでたのはいつですか。

——昭和十六年の一月です。翌十七年二月には陸海軍の刑法も改正されて、処罰が相当厳しくなっています。それまでは敵前の従軍免脱でも五年以上の有期懲役とされていたのが、改正後は死刑も含まれている。

——矢部さんはそういうことを知らなかったのだろうか。

——おそらく知らなかったでしょう。私も知りませんでした。

——中支でわたしと同じ隊にいた矢部上等兵のことですよ。

——私もそのつもりでお話しています。

——やはり同一人だと思いますか。

——ほかに該当者がいません。

——しかし、同一人なら北支でも同じ部隊にいたわけでしょう。たとえ中隊が違っていても、北支にいた頃の話がでてもよかったはずです。

——そういう話はでませんでしたか。

——記憶がありませんね。二十何年も前のことだから、わたしが忘れてしまったのかもしれない。

——矢部さんは補充兵です。留守名簿が終戦のどさくさで一部分欠落して、矢部さんの分はあとで書込んだらしく、軍法会議で処罰された記入はありますが、軍歴などの詳しい記録がぬけています。両親と、結婚したばかりのおくさんがいました。両親もおくさんも戦災で亡くなられたようですけど。

——そう言われると同一人のような気もします。女房の惚気（のろけ）を大分聞かされた憶えがある。

――年齢はいくつくらいでしたか。

――二十五、六でしょう。板前をやっていたという話を憶えています。

――それじゃ同一人ですよ。家業は深川の小料理屋だった。

――出身が佐賀で、育ったのが東京の深川ですか。

――佐賀というのは、本籍があっただけじゃないですかね。私も本籍は新潟県の渡沢という所ですが、子供の頃、両親につれられて一度行ったきりです。どんな所だったか、ほとんど記憶がありません。

――とにかく、彼は普通の兵隊でした。

――それがなぜ従軍免脱を図ったのでしょう。

――普通の兵隊なら、国のために命を捧げるのが当り前だと思うと同時に、早く除隊になって郷里へ還りたい気持も強かった。あなたがさっき話されたように、支那事変の当初から昭和十四、五年頃までは、激しい戦闘の反動でしょうが、軍規が戦場の末端に及ばなかったという話をよく聞きます。掠奪、強姦、殺人、放火、ほんとうに耳を蔽いたくなる話をあちこちで聞きました。でも、わたしが応召で北支へいった頃は、昭和十五年の末ですが、主要都市は平定されたあとで、前線といっても警備と宣撫工作が主だった。討伐はやりましたが、軍規を云々されるようなことはありませんでしたね。

――同感です。私たちの部隊が特に厳正だったわけでもないでしょうが、禁止条項ずくめの戦陣訓を渡されたときは腹が立ってたまらなかった。

——しかし中支では様子が違っていました。中支だからというのではなく、南方の戦局悪化が伝えられて、動揺していたせいかも知れない。兵隊の気持が荒れていました。

——どんなふうに荒れてたんですか。

——どんなふうにって……。

そんなこと簡単に話せるものじゃない、今さら話したって仕様がないじゃないか、部隊長の肩なんか揉んでたような奴に話したところで、何も分るはずがない、寄せ集めで兵隊の素質もよくなかったけど、三年も四年も戦地で暮らしていたら、たいてい普通の人間の感情が麻痺してしまう、平気で殺せるようになるし、平気で犯せるようになってしまう、補充兵がこないから古年次兵ばかりで、その点は互いに気楽だったが、しかし、おれが平気で殺せたというのは本当だろうか、むろん敵を撃ったことはある、だが、遠方の敵を撃つのは射撃場で的を撃つのと同じだ、殺人者の実感はない、戦場では無我夢中だったとしか言えない、あとで転がっている死体を見ても、自分が殺したなどとは考えなかった、いつだったたか、密偵の疑いで若い男が引っぱってこられた、そいつはさんざん拷問されたが、悲鳴をあげ、謝るばかりで、何ひとつ聞き出すことができなかった、将校は射殺を命じて立去った、おれはあの青くむくんだような将校の顔を憶えている、あいつは自分で殺すのが厭だったのだ、それで命令したに違いない、

しかし村井は、その若い中国人に銃を向ける気になれなかった。若い男は手足を縛られて横たわったまま、疲れきった、あるいは絶望しきったような眼を村井に向けていた。痩せこけて、不精ひげの疎らに伸びた、まだ二十歳前後の青年だった。

村井が銃を向けなかったのは憐憫のためではなかった。北支にいた頃のことだが、おそらく、村井が眼に見えぬ何かを恐れたのはそのときが最初だった。

村井がぐずぐずしている間に、他の兵がおれにやらせてくれと言って、若い中国人を射殺した。その兵隊は戦死した弟の仇を討つのだということを言っていたが、若い中国人は頭を撃たれ、犬ころのようにあっけなく死んだ。

村井は、その光景が脳裡にこびりついた。だから竹藪で子供を抱いた女を見つけたときも、欲望が萎えたのは子供のせいではなく、若い中国人の射殺を命じられたときの恐怖が甦ったのである。その恐怖は、弾丸の飛び交う戦闘の際の恐怖とは異質だった。ゲリラに襲撃され、眼前で青竜刀を振回されたときの恐怖とも違っている。闇夜の斥候や、分哨に

立っているときの肌が粟立つような恐怖とも違う。

「駄目だったよ」

竹藪にいた女に挑んだはずの矢部は、意外なほど早く戻って村井に言った。

「なぜだ」

「ガキがいたので気が乗らなかった」

「仏ごころがついたのか」

「うむ」

矢部は渋い顔をして、視線をそむけた。

村井は矢部の話を信じなかった。

しかしことによると、事実だったかもしれない、と村井はあとになって思った。村井と同じように、矢部も急に何かが怖くなったのではないかと思った。

――どんなふうにって、兵隊の考えることと言えば、食うことと女のことと国へ還ることでしょう。ところが、食事は粉味噌に乾燥野菜ばかりで、どこの軍隊にもつきものと言われていた慰安所もなかった。

――大隊本部には慰安所があったでしょう。

——しかし八十キロも離れてますよ。その大隊本部から曹長がきて、慰安所の女が足りないから十人ほど都合してくれというので、中隊長がカンカンに怒って怒鳴り返したこともあります。前線の兵隊はくさるわけです。もちろん、流行歌手などの慰問団も危険な前線まではこない。

——矢部さんは普通の兵隊だったと言われましたね。

——でも、その後変ったかもしれません。

——どういうことですか。

——発疹チフスの疑いで、野戦病院に入ってから、何となく変ったようだった。高熱のため頭がツルツルに禿げてしまって、もと床屋だったという衛生兵が、これはチフスに間違いないというので後送されたんです。山岳地帯を除くと、中支ではうっかり生水を飲めません。わたしなども大腸カタルは何度もやりました。濾水器で濾過してから飲むようにしていたけど、野戦ではそうも言っていられない。大腸カタルくらいなら放っておいても治まりますが、チフスは伝染病ですからね。伝染経路のシラミは、みんなが飼っているようなものだった。結局は気管支炎だったということで退院しましたが、入院中の二ヵ月ほどの間にいろんな不愉快なことを耳にして、その上、退院間近になって板前の腕を知られ、それで大隊本部に転属してから考えが変ってきたようです。よく分らないが、どうもそうらしかった。上官に対する不満を口にするようになりました。高級将校たちが、前線の兵士の苦労をよそに勝手気儘な楽をしているというようなことですが。

――そういう不満はどこにでもあったことじゃありませんか。

――そうですけれどね。


矢部は大隊長の当番兵になった。

命令受領のため、村井が中隊指揮班の准尉について大隊本部へ行き、矢部に会ったのは久しぶりだった。

矢部はもうツルツルの頭ではなかった。血色もよく、一時はげっそり痩せた頬のあたりも以前より肥えたようだった。

「みんな元気かい」

矢部は中国人の経営する食堂へ案内して、戦友の消息を聞いた。

小さな食堂だった。客はほかにいなかったが、矢部は経営者と馴染らしく、二階の個室へ上った。壁に中国美人をあしらった煙草のポスターが貼ってあった。

「みんな羨ましがっているよ」村井は言った。「うまくやったじゃないか」

「羨ましがられるほどでもないが、楽になったことは確かだ。きょうは大隊長がいないので、のんびりしていられる。ちょうどいいところへきてくれた」

矢部は、最初のうちは大隊本部や城内の様子を控え目に語った。

しかし、やがて白酎（パイチュー）の酔いがまわると、こらえかねたように大隊長の悪口を喋りだした。

「きょうは大隊長がいないと言ったが、どこへ行ったか分るかい」

「おれに分るはずがないだろう」

「女のところさ」

「慰安所か」

「大隊長が慰安所なんかへ行くものか。ちゃんと専用の姑娘（クーニャン）を囲っているんだ。すごい美人だぜ。年は十七、八だが、色がぬけるように白くて、日本にあれだけの美人はいないな。どこで見つけたか知らないが、どうせ強引に掻っさらった女だろう。部隊が移動するたびに、その女もつれて移っているらしい」

「いいじゃないか。大隊長ともなれば、兵隊みたいに慰安所の女を買うわけにいかない」

戦闘が一段落して駐屯地がきまると、大隊あるいは中隊の本部は、周辺の部落の村長に命じて女をかり集め、兵隊の性欲を処理するために慰安所を設ける。内地からつれてきた日本人の娼婦や朝鮮の女による場合も多いが、いずれにせよ、そこは索漠たるセックスの排泄市場としか言いようがない。肉体をひさがねばならない女の立場こそさらに悲惨だが、ここにも軍隊における階級差別は厳存し、外泊も許される将校に対して、兵隊は慰安所の前に列をなして順番を待つ仕組である。束の間の快楽が消耗されるに過ぎない。

「おれはいいと思わんな」矢部はかつての彼らしくなく、気色ばんで言った。「前線の兵隊に命を懸けさせておきながら、大隊長は後方の安全地帯で女に溺れている」

「前線と後方の差は已むを得ない。まして相手は大隊長だ。兵隊が文句を言っても始まらない」

「諦めてるのか」

「そうじゃないさ。たとえ昼間から女を抱こうが酒を飲んでいようが、大隊長は大隊長の任務を果して、戦争に勝つ構えがあればいい。大隊長に兵隊と同じ小銃を持たせたって意味がない。いざとなれば、大隊長も前線にでて死ぬ覚悟ができているはずだ」

「おれはそう思わない」

おれはそう思わない、と矢部は言った、やけにはっきり言いやがった、ニキビ面を赤くして、怒ったようにそう言った、あの頃のおれは大隊長を信頼していた、大隊長というより、日本陸軍というものを信頼していたんだ、大隊長が専用の女をつれて歩いたって、そんなのは些細なことだと思っていた、英雄色を好むというじゃないか、おとなしくいじけているようでは頼りにならない、おれは実際にそう思っていた、しかし、結局は矢部の言ったことが正しかった、おれは中支からビルマへ行って、インパール作戦でひどい目に遭わされたが、そのときの大隊長、いかにも頼もしそうな髭を生やして、あいつの名前は何と言ったかな、初年兵から叩き上げの少佐だったけれど、仇名の方はよく憶えている、横穴大隊長、臆病で、横穴壕にもぐったきり前線へ出てこないから、それで横穴大隊長と呼ばれていた、少佐になったくらいだから頭はよかったのだろうが、威張りくさって、当番兵を五人もつけて、兵隊が蚊にくわれながら野宿しているのに、寝台がないと寝ないという野郎だった、それに、肉がないと食事をしないので、困った当番兵が猿を撃ち殺し、野生の鶏だと言って食わせていた、その大隊長が、つい一キロほど先で部下がバタバタ斃れているとき、とうとう最後まで横穴から出てこなかった、ものすごい戦闘だった、戦闘というよりこっちは弾も食糧もないからやられっ放しだが、敵は馬蹄形に砲台を堅めて、十字砲火を一寸刻みにジャンジャン浴びせてくる、怖かったなんてものじゃない、友軍の飛行機は一機もやってこないのに、敵は空からも爆撃してくる、おれも砲弾の破片で肩と足をやられたが、まわりの戦友がつぎつぎに斃れた、将校も下士官も兵隊も、みんな必死の覚悟で突撃した、大隊長の命令で、みんな死ぬほかどう仕様もなかったし、あのときの気持は気違いと同じで、怖がっている余裕さえなかった、だが、それでも大隊長は横穴壕にもぐったきりで、ようやく横穴を出たのは、自分が真っ先になって退却するときだった、おれはその話をあとで聞いた、腹が立ってたまらなかった、大隊長を叩き殺してやりたかった、しかし横穴大隊長は、逃げる途中で、コレラに罹ってくたばっていた、最後を看取った当番兵が、おれにその話をしてくれたのだ、おかしな野郎だったなあの当番兵は、男娼（おかま）みたいな奴で、やはりコレラで死んでしまったけれど、

「おれはそう思わないぜ」矢部は繰返して言った。「大隊長がそんなふうに女にうつつをぬかしていて、前線の士気が上るわけがない。入院中に聞いたほかの部隊の話だが、慰安所の売上げを大隊長がピンはねしているというのもあるんだ。まさかと思うだろう。おれも最初聞いたときは、まさかと思った。しかし、今ではその話を信じている。おれは病気になったお蔭で、知らない方がいいことまで知った。おれは当番兵といっても、大隊長の私用の板前みたいに使われているが、連隊本部へ行かされることもよくある。腐っているのはうちの大隊長だけじゃない。連隊本部へ行って驚いたのは、欠乏しているはずの食糧や弾薬があり余っていたことだ。日本酒でもビールでも、羊羹でも蜜豆の罐詰でも何だってある。それを主計（経理将校）の奴らは威張りくさって、兵器掛の将校などは敵をやっつける弾薬まで出し惜しみするんだ。連隊長以下、将校連中は毎晩のように料理屋で遊んでいるという話も聞いた。前線の苦労などまるで分っていない。こんな調子で、いったい戦争に勝てると思うか」

「うむ」

村井は重く唸った。矢部の話に対しては半信半疑だった。剔抉の際、掠奪や強姦したことを、高級将校の腐敗に託して正当化しようとしているのではないかとも考えた。

しかし矢部の表情は、酔うほどに却って切実だった。

「どうなんだ。返事をしろよ。これで戦争に勝てると思うか」

「それは勝つに決ってるだろう」

「必勝の信念か」

矢部は皮肉そうな薄笑いを浮かべた。

村井は答えなかった。

「おれは、大隊長と連隊本部からきた副官が話しているのを聞いた。つい、五、六日前のことだ。ほかへ喋られると困るが、日本軍はとうにガダルカナルから退却し始めている。ニューギニアもどうなるか分らない。海軍も相当やられたらしい。大隊長と副官の話を聞いていると、酒のせいもあったろうが、かなり悲観的で自棄(やけ)気味だった。おれたちは遠からず南方へやられるぜ」

「南方行きの話は、うすうす聞いている」

「南方へ行ったら、必ず死ぬ。絶対に生きて還れない」

「そうと限ったものでもないだろう。死ぬために行くわけじゃない」

「いや、おれは死ぬために行くようなものだと思う。この戦争は負けるぜ」

「負けるものか」

「負ける。賭けてもいい。前線にいたのでは分らないが、戦力の差が決定的に違ってきている。こっちは爆弾を何発落としたなんて言ってるが、向うは何トン落としたという発表だ。桁が違う」

「そうかな」

「覚悟しておけよ。もちろんおれも覚悟している。ただ、高級将校の奴らに腹が立ってたまらないんだ」


——そのとき、矢部さんは従軍免脱のことを話したんですか。

——いえ、そこまではもちろん話しません。大隊本部に親しい者がいないので、心細かったのかも知れない。わたしに話した分だけでも、憲兵隊に分ったら大変ですからね。

——あなたと矢部さんは、それほど仲がよかったんですか。

——中隊にいた頃はいちばん仲がよかったと言っていいでしょう。何となくウマが合いました。小隊も同じだったし、お互いに下手くそな俳句をつくっていたし、歌舞伎や新派の話をできる相手もわたししかいなかったようです。

——上官の腐敗に厭気がさし、そんな上官にひっぱられて南方で戦死するのがばからしくなったのでしょうか。

――そうかもしれませんが、よく分りません。

――当時、村井さんも命が惜しいと思っていましたか。

――もちろん思っていましたよ。でも、いずれ戦死するという覚悟みたいな諦めはありました。そのくせ戦争に負けると思っていなかったのだから、不思議といえば不思議な気がします。日本が負けるなんて、全く考えなかった。

――ビルマへ行かれてからも同様ですか。

――いえ、その後は大分考えが変りました。インパール作戦に失敗したし、高級将校の腐敗も身にしみて知らされましたからね。


インパールから雲南へ通じる重慶政権の援蔣ルートを封鎖し、英印軍の侵攻を阻止してビルマ方面の防衛を目的としたインパール作戦は、ビルマ方面軍司令官指揮のもとに昭和十九年三月八日を期して開始されたが、すでにその以前から日本軍は各地の戦闘に敗れ、制空権も敵の手中に陥ちていたのである。そのような状況を知らない兵隊は、当然負けるべき戦闘を強いられて散り果てたのだ。

しかし村井は、当時は伍長に進級して分隊を率い、ビルマ北部に進出していたが、昼夜の別なく続々と後方に降下するらしい敵の空挺部隊を仰いだとき、初めて敗戦の予感に駆られた。

「どういうわけだろう」

村井はとなりの分隊の宮川という分隊長に言った。大学出で、ビルマに派遣されるとき同じ師団に配属された男だった。眼鏡をかけ、華奢な体つきだが、以前から、日本は負けると言って憚らなかった男である。

「これで退路を絶たれたってわけさ。おれたちの後方に部隊をおろすなんて、ずいぶん大胆だが、奴らは自信がなければそんな無茶な真似をしない。どの辺におりているのか知らないが、敵はかならず飛行場をつくって、日本軍を挟み撃ちにする気だろう」

「軍司令部は傍観しているだけか」

「肝心の飛行機がなければ、手も足も出ないというところじゃないかな。敵の空挺部隊は悠々とおれたちの上空を通過している。それなのに、おれたちは高射砲もないし、友軍の戦闘機は一機も姿を見せない。おれはこっちにくる前、南方総軍の情報部に学生時代の友だちがいたから、少しは上の奴らの話を聞きかじっている。はっきり聞いたわけじゃないが、友軍の航空部隊はソロモン方面で精いっぱいらしい」

「飛行機もなくて、勝てると思ってるのだろうか」

「分らんね。上層部の考えなんか全然分らんよ。おれの想像では、南方軍の総司令官はこの戦争を投げている」

「投げているとしか思えない。病気だと言われているが、おれの聞いた話では、昼間から酒と女に浸りきりだ。参謀の報告も聞こうとしない。聞いたって、聞きっ放しだ。一軍の総司令官が、女を寝そべらせて、参謀の報告に対して、裸のまま体を起こそうともしないというんだ」

「しかし、それは単なる噂だろう」

「おれはその噂を信じている。勝つ自信があったら、少くとも勝たねばならぬという気迫があったら、かりに豪放な司令官だとしても、作戦計画だけは自分が指揮するはずだ。酒色に溺れるのは、自棄になっているとしか思えない」

「なぜ自棄になるのだ」

「だから上の奴らの考えが分らんのさ。南方軍の総司令官といっても、その上には大本営が控えている。酒色を愉しむ余裕があるならむしろ結構だ。しかしおそらくは愉しんでいない。苦しくて、自棄になっているとしか思えない。司令官の内心は別としても、上層部が腐敗すれば、部下の将校連中もいい気になって腐敗する。しかも奴らは、その腐敗に気づかない。翠紅園の様子を思い出すだけで胸がむかついてくる」

宮川は吐き捨てるように言った。

翠紅園というのは、ビルマの首都ラングーンの、金色に輝くシェダゴン・パゴダに近い料亭だった。ラングーンにはビルマ方面軍の司令部があったが、その料亭に軍の幹部は内地から芸者を飛行機で運び寄せ、日本ふうの庭園までしつらえて、つねに佐官級の印の赤旗をつけた乗用車が出入りして酒宴が行なわれていたのである。しかもその間、前線では死闘が繰返され、圧倒的な物量の差に抗しようもなく、多勢の兵士の血が流されていたのだ。

「それで――」村井は不安を隠せなかった。「おれたちはどうなるんだ」

「そんなことは決っている。死ぬだけだ」

「ただ死ぬだけか」

「祖国のため、天皇陛下の御為さ」

「きさまはそれでいいのか」

「いいも悪いもない。ここはもう前線なんだ。死ぬまで戦う以外にない」

「兵隊は勝利を信じている」

「それは信じさせておいたほうがいい。中隊長も勝つと思っているようだが、そのほうが幸福に死ねる。しかし、おれは勝てると思っていない」

おれは宮川の話に動揺した、彼には妻子があり、両親も健在だった、だから死にたくないとも言ったが、すべてを諦めた口ぶりで、可哀想なのは何も知らないで死んでゆく兵隊だよと言った、おれは運よく死ななかったけど、あのとき死んでいたら、やはり可哀想な部類に入ったろう、おれたちの部隊は主攻部隊ではなかったが、進攻命令がでて、チンドウィン河を渡り、アラカン山脈のジャングルを越える頃には部隊の半数以上が斃れ、駄牛中隊の補給も当てにできなくなっていた、それでもおれたちは前進した、死物狂いの突撃もやった、弾薬を撃ち果たし、一粒の米もなく、飲料水も絶えた、砲弾の破片で肩と足をやられた、戦友の死骸があちこちに転がっていた、掩蓋壕から上半身を乗り出した恰好で、頭を吹っとばされている兵もいた、つい眼の前で、軍刀を振り上げていた中隊長の右腕が飛んだ、右腕だけが飛んだわけじゃない、おれは飛散った瞬間の右腕を眼で追ったが、次ぎの一瞬には、中隊長の姿がどこにもなかった、若い中隊長だった、右腕が飛んだとき、おれは「突撃！」と叫んだ中隊長の声を聞いた記憶があるが、ことによると錯覚かもしれない、

暗くなってようやく砲声が熄んだ、

おれは地虫の声を聞いた、

時おり曳光弾が空を明るく照らした、

敵の偵察機が悠々と旋回していた、

地虫の声を聞きながら、あのときおれは何を考えていたのだろう、女房のことだろうか、ラングーンの慰安所にいた朝鮮女のことだろうか、違うな、何度も思い出そうとしたが、未だに思い出せない、宮川はそのときの戦闘で死んだ、「ほんとに死んだのか」おれは宮川の死を知らせてくれた戦友に聞いた、「死んだよ、迫撃砲にやられて、内臓がとび出していた」「即死か」「そうだろうな、声をかけたけど、返事をしなかった」中隊長が死んで宮川も死んで、ほかの中隊も大分やられ、生残ったのは数えるほどで、おれは足をやられたから動けなかったが、もし動けたら、翌る日の突撃で死んだに違いない、弾も食糧もなくなったのに、飽くまでインパールへ侵攻しろという軍の命令は変らず、補給もないまま、それでも生残った連中はよく頑張ったものだ、とうに負け戦が分っていながら、ようやく作戦中止の命令が出たのが七月の十日だったらしい、もちろん、前線にその命令が伝えられたのはもっとあとだったろうが、日附などの憶えはない、屋根も床もない粗末な野戦病院に撤退命令がきて、親指くらいある大粒の雨がざんざん降る中を、またジャングルを越えて退却するなんて、おれは杖をついて歩けるようになっていたが、ビッコをひきながら、今度こそ絶対に助からないと思った、

——高級将校の腐敗については、私もいろいろ聞いています。しかし、最後まで勇敢に

戦った部隊も、部下思いの優秀な指揮官もいた。兵隊にとっては要するに運不運で、後方の部隊が楽をしていたのはどこも同じでしょう。貨物廠とか輸送隊などにいた者は、ずいぶん得をしている。特に主計に対しては、私も腸が煮え返る思いをしたことが何度もあるので、矢部さんの憤慨がよく分ります。奴らは経理の事務屋に過ぎないのに、食糧でも被服でも自分の私物みたいに考えているようなのが多かった。物資の自然消耗率を最初からピンハネして、その分を商人に売りとばして自分らが遊ぶ金をつくっていた。だから兵站基地から物資が前線に着くまでに、中間搾取のようなピンハネを何ヵ所か経てくるので、例えば十ダース届くべきビールが二、三ダースに減ってしまう。でも、話が横道にそれましたが、上官が腐っているからといって、従軍を免れようという考えは飛躍してますね。

——その辺がよく分らないんですよ。さっきも言ったでしょう、よく分らないって。

——大体、自傷して従軍を免れるという、そういう考え自体が甘いと思いませんか。私も似たような例をいくつか知っていますが、憲兵隊はそんな手に騙されませんね。銃口を右手の人差指にあて、足の親指で引金を引く。そして小銃が暴発したふりをするわけでしょう。そうすれば人差指のなくなった兵隊なんか、もう満足に銃器を扱えないし、負傷兵ということで内地へ送還される。しかし、そんな方法は太平洋戦争以前でも憲兵をごませなかった。銃口にわざと指をあててやったことは、火薬の粉が手に残っているし、傷口を見たって分ってしまう。

――ちょっと待ってくれませんか。矢部さんについて、わたしは彼がそういうことをしたと話したのでしょうか。

――話しませんでしたか。

――別の話をしたはずですけど。

――別の話があるんですか。

――それでは、まだお話してなかったのかもしれない。わたしは少し頭がぼんやりしているんです。

――別の話って何でしょう。従軍免脱じゃなかったんですか。

――罪名は従軍免脱ですが、矢部さんの場合は、ことによると冤罪のような気がしているのです。彼は暴発のふりなどしていません。ナイフで右の薬指を切って、血書を書いたんです。

――血書を？

――そうです。連隊長、大隊長以下将校たちの紊乱（ぶんらん）した様子を、血書にしたためて師団長に直訴しました。

――その話は初めて伺いました。そうすると、従軍免脱にはならんでしょう。

――彼の本当の気持は分りません。とにかく彼は血書を書いて、師団長に直訴したらしい。ところが、直訴の方は無視されて、従軍免脱のつもりだというので軍法会議にかけられ、これは内地に還ってから軍法会議の録事（書記）をしていたというひとに偶然知り合って聞いたのですが、矢部さんは憲兵隊から軍法会議に送られてくると、すぐ死刑の判決を受け、その日のうちに処刑されたそうです。

——驚きましたね。

——わたしも驚きました。矢部さんは大隊本部の近くの食堂でわたしと会って、それから間もなく直訴したらしく、わたしに連隊長たちの悪口を言ったときは、もう直訴の決心をしていたのかも知れない。興奮したみたいに話してましたからね。

——しかし、死刑とはひどい。

——わたしもひどいと思います。これも録事だったひとに聞いた受売りですが、外地の軍法会議では弁護士もつかないし、控訴権もありません。法廷にでた矢部さんは、青い顔をして、ひとことも口をきかなかったそうです。

——直訴された連隊長や大隊長はどうなりましたか。

——何も聞いていません。

——それじゃ不公平でしょう。

——不愉快な想像ですが、もし師団長も似たり寄ったりでろくなことをしていなかったとすれば、連隊長を処罰する資格などありません。下手に問題を大きくしたら、自分の足もとに火がつきかねない。だから裁判を急がせ、死刑にしてしまったということも考えられます。録事だったというひとも、矢部さんは従軍免脱のほかに、上官に反抗したとか何とかこじつけのような罪名が附加えられていたそうですが、とにかく従軍免脱で死刑になったのは珍しいと言ってました。かりにビルマへ舞台を移して考えても、連隊長クラスの乱行を処罰できる師団長がいたかどうか、ちょっと首をかしげますね。

矢部は病気になって、熱のため頭がツルツルに禿げて入院してから、考えがすっかり変ったのかもしれない、それは入院中に高級将校の堕落ぶりを聞いたり、大隊長の当番兵になってから身近にその腐敗を知ったせいで、まさか熱のために頭がおかしくなったわけではないだろう、それまでの彼は普通の兵隊だった、物資の欠乏した前線では掠奪も強姦も特異なことではなかった、むろん掠奪は禁じられていたし、掠奪という言葉を使った者はいない、その代わりに使った言葉が徴発だ、余裕のあった頃は無理な徴発を命じても一応の代金を支払ったが、補給が乏しく、自活を求められるようになってからは、徴発も掠奪も内容は同じだった、「敵地に糧を求める」という方針はビルマでも同様だったが、兵隊はそれをやらなければ生きてゆけなかったし、女にも飢えていた、しかしおれ自身を振返っても、女に飢えていたというのは、食物に飢えていたというのとは違っていた、性器の刺激に飢えていたのではない、女の肌に渇えていただけではない、もっと心の奥にやさしい欲求があって、それが生死を懸けた戦場では、強姦という荒々しい行為を生んだのではないか、だから女を犯しても満たされるものはなかったし、慰安所の女を抱いても満たされぬものは依然として残り、渇きはいっそう深まるばかりではなかったか、そして密偵の射殺を命じられたとき、それから竹藪に隠れていた女を犯そうとしたとき、おれは訳の分らない恐怖にとり憑かれたのだ、あるいはだから矢部のやつも、平気で掠奪や強姦をしているように見えたけれど、内心はおれと同じように怯えていたのではないだろうか、あいつは芝居好きで、それも涙を誘うような物が好きで、俳句は下手くそだったが、名も知れぬ路傍の花に託して戦陣の感傷をうたい、薄穢い仔猫を拾って可愛いがっていたこともあった、おれは軍隊が厭になった、厭になったというより、訳の分らない恐怖がたまらなくなった、口にこそ出さなかったが、彼も同じ気持だったのではないか、

「女房が恋しくならないか」

おれは矢部に聞いたことがある、まだ小隊でいっしょだった頃だ、

「それほどでもないな。女房よりおふくろに会いたい。どうせ死ぬと分っているなら、死ぬ前に、もう一度だけおふくろに会って死にたいよ。心配症で、うるさいおふくろだったけど、やはりいちばん恋しいのはおふくろだな。おれが出征する前の晩、夜半に便所へ起きたら、おふくろが神棚に手を合わせていた。小さなおふくろなんだ。それが背中を丸くして、一所懸命神棚の前に坐って祈っていた。おふくろは途中で気がついて、障子をあけ

て突っ立っていたおれのほうを見た。しばらく黙って見ていたが、早く寝ろと言っただけだった。たぶん、おふくろはおれのことが心配で、一晩じゅう眠らなかったのだと思う。おやじは送別会の酒に酔って眠っていたし、小便をして部屋に戻ったら、女房のやつもぐっすり眠っていた」

矢部は妙にしんみり言った、女房の惚気を聞かせるときのように陽気ではなかった、しかしおれは女房が恋しかったな、今は少しも可愛気のない婆さんになってしまったが、あの頃は結婚して半年も経っていなかった、覚悟はしていたけど、実際に召集令状がきたときは、ほんとに生木を裂かれるように辛かった、女房はめそめそ泣きやがって、あの辛さは今の若い奴らに聞かせても分らないだろう、町内の連中に万歳万歳で送られたが、いくら国のためだって、おれはもう一年くらい待ってくれと頼みたかった、もちろんそんなこと頼めやしないが、おれは元気で征ってまいりますなんて挨拶をして、品川駅で女房に別れるときの、あの辛さは未だに忘れない、矢部だってきっと辛かったに違いない、意気がっておふくろの方が恋しいと言っていたが、それも嘘じゃないだろうが、女房のほうも恋しかったに違いない、

――すると、矢部さんは冤罪かもしれませんね。

――わたしはそう解釈してやりたい気持です。師団長が彼の直訴状をどう読んだか、あるいは師団長の手まで届かなかったかも知れない。とにかく、軍の上層部に義憤を感じていたことは事実で、戦争に勝つため、軍規を粛正するには師団長に直接訴えるほかないと考えたのでしょう。

――しかし矢部さんは、戦争に負けると思っていたんじゃありませんか。

――負けると思っても、負けていいとは思わなかったはずです。負けるとしたら連隊長以下の将校が腐っているせいで、このままでは負けると思ったからこそ、血書を書かずにいられなくなったのでしょう。

――師団長まで腐っているとは知らなかったわけですね。

――師団長については私も知りません。さっきの話は想像ですから。

――とにかく、矢部さんはそれほど忠君愛国の念に燃えていたのでしょうか。

――……………。

その辺がいちばん分らない、矢部は普通の兵隊だった、戦争に対して批判めいたことを口にしたことはなかった、ごく素朴に国を愛し、戦争に勝たねばならぬと思っていたに違いない、義憤も自然の感情だったろう、自分のしていることにはあまり気づかなくて、義俠的なところが少しあった、軽率で一本気なところも少しあった、直訴した気持は善意に解釈してやりたい、しかし、彼は母に会いたがっていた、妻も恋しかったろう、彼に限らず、祖国へ還りたい気持はみんな同じだったはずだ、それに彼は、南方へ送られると思っていた、南方へ送られ、死ぬ覚悟をしていると言った、だが、覚悟なんてものはそのときになってみなければ分らない、怖いから覚悟をするのだ、そしていくら覚悟をしても怖さは消えない、彼が切ったのは人差指ではなくて薬指だった、もし薬指を選んだことが従軍免脱と見られぬ用心だとすれば、従軍免脱のためと見られかねないことを警戒したのだろう、その恐れを充分に計算した上で、上官の不正に対する義憤を大義名分として従軍免脱を図ったのではなかったか、たとえ薬指でも、小指一本欠けても銃器の操作に差支えるし、いずれにしても、傷を癒やすため病院へ後送されることは確かで、そうすれば南方行きを免れると思ったのではないか、しかし、そそっかしい彼は計算を間違ったのだ、指を切らなくても直訴することはできたはずで、その点を取調べの憲兵に突っ込まれ、従軍免脱と見なされてしまったのではないか、上官に反抗したなんて罪名は、上の者がその気になれば、簡単にデッチあげて附加えることができるだろう、

「でも、従軍免脱の方法が珍しいので憶えているのですが、その矢部というひとは自白したはずですよ。自白しなければ、憲兵隊が軍法会議に送ってきません。無理に自白させたのかもしれませんがね」

録事だったという男はそう言った、法廷の矢部は青い顔をして、ひとことも口をきかなかったという、録事は法廷に立会っただけだ、憲兵隊における取調べの実情は知らなかった、矢部はほんとに自白したのだろうか、もし憲兵隊で拷問されたら、否応なしに罪を認めるほかなかったのではないか、

――矢部さんが軍法会議にかけられたことは、当時、もとの中隊にいた戦友にも知らされたわけですか。

――いいえ、噂が入ってきた程度です。わたしは食堂で彼と話したことを、当時は誰にも喋りませんでした。

――録事をされていたひとは、現在もお元気ですか。

――さあ、どうでしょう。年賀状を出しても返事がこなくなってから、もう七、八年経ちます。

――ほかに、矢部さんの最後を詳しく知っているひとはいないでしょうか。

――その当時の憲兵に聞いたらどうですか。

――探すのが大変ですね。探し出しても、本当のことを喋ってくれるかどうか。

――判決書は残っているんですか。

――検察庁に引継がれているはずですが、そういう事情では、部隊の回想録に載せるのは不適当かも知れません。

――なぜですか。

――手柄話や美談ばかりではなく、軍隊の悪い面もありのままに伝えるのが理想ですが、真相の分らない噂話では困るし、却って誤解される恐れがあります。あんまり厭な暗い話は、世間に知られたくないという気持の者が多いのです。たとえ間違った戦争だったとしても、戦地で過ごした何年間かの歳月は、生残った者にとって大切な青春のすべてですからね。その思い出を汚されたくないんですよ。

生残った者か、大切な青春のすべてか、確かにそうだな、ひどい青春だったが、死んだやつらは貧乏くじだ、ろくな物も食べられないで、好きな女も抱けないで、しかし矢部の場合は、あっさり死刑になってよかったのかも知れない、どうせみんな死んでしまったのだ、おれたちといっしょにビルマへ行ったら、余計な苦労をしただけで、結局やはり死んだに違いない、おれはよくよく運がよかった、死んだ戦友に較べてのことだが、死ぬ間際までできて、ほんのちょっぴりの運で助かった、中支からいっしょに行った連中で、最後まで生残ったのはおれ一人だからな、ざんざん降りの雨の中を、杖をついてビッコをひきなから、ジャングルの径はどろどろで、蹈んでいる兵隊がいたから肩を叩いたら、その拍子にコロッと転がって、そいつはおれが肩を叩く前から死んでいたんだ、ぼろぼろの服で、骨と皮ばかりになって、まるで地獄に迷いこんだみたいだったな、どこまで歩いても、眼につくのは日本兵の死体ばかり、白骨化した死体や、蛆虫と蠅がごちゃごちゃにたかって顔も分らない死体、おれはあらゆる雑草を食って飢を凌ぎ、一握りの岩塩を舐めて命をつないだ、

おれは死ぬ、このまま眠ったら、もう二度と眼を覚まさないだろう、仕様がないや、ようやく楽になるんだ、おれは眼を閉じるとき、考える力も尽きて、何度そう思ったか知れない、傷口にくいこんでくる蛆を、ほじり出す力もなかった、山蛭に吸いつかれて、そいつを払い落とす力もなかった、体じゅうが灼けるように熱かった、コレラだな、おれはぼんやりした意識で思った、白く濁った汁がとめどなく排泄する、コレラや赤痢に罹ったら、絶対に生水を飲むなと言われていた、しかしおれは水が飲みたかった、這いずるようにして、泥水のような流れに顔をつっ込み、そのあとのことは憶えていない、

気がつくと、おれはいくらか元気を取戻していた、助かったのだろうか、雨がやんで、泥水の流れが少くなっていた、恐る恐る周囲を見回した、死体が一つ二つ三つ四つ……、おれは知らぬ間に戦友の死体を数えていた、おれは息を吸った、生きている自分が信じられなかった、声を出そうとしたが、笛みたいに喉が低く鳴っただけだった、傷口の蛆が消

えていたのはなぜだろう、蛆がコレラで死んだのだろうか、おれはまた杖に縋った、マラリアの高熱に魘(うな)されている兵隊がいた、横たわったまま、放心したような眼でおれを見ている兵隊がいた、悪化した傷に呻きながら、殺してくれと頼む兵隊がいた、おれはそういう兵隊たちのそばを黙って通り過ぎた、通るさきざきに死体が相変らず転がっていた、雨がまた降りだして、夜になった、おれは独りきりだった、遠吠えのような獣の声がした、それは虎だという者がいたし黒豹だという者もいた、人間の匂いを嗅いで忍び寄り、突然飛びかかってくるという話も聞いていた、しかし、おれは怖くなかった、むしろ獣の啼声には、不思議な安らぎがあった、その安らぎを、おれは死ぬ前の安らぎと思っていた、何も考えないで、読経のように聞いていたようだった、寒さに震えながら、おれはそのとき考えたことを憶えていない、

——せっかくお話を伺いましたが、どう思いますか。

——わたしはどちらでも構いません。矢部さんの遺族が亡くなられたというなら、隠す必要もないし、印刷物にする必要もないでしょう。どっちでも構いません。わたしは聞かれたからお話したので、お考えどおりにしてください。

——それから、村井さんは恩給を受取っていないと聞きましたが、もし面倒でしたら、

私のほうで手続きをしましょうか。

——いえ、面倒なわけじゃありません。変な意地を張るようですが、欲しくないのです。

——なぜでしょう。

——もう兵隊じゃありませんからね。


気を悪くしただろうか、しかし、おれはもう兵隊じゃない、兵隊づき合いは敗戦と同時に終っている、もし恩給を寄越すなら、召集令状で無理矢理ひっぱられた兵隊にやるのはいい、戦争に負けたくせに、職業軍人になんかやる必要はない、軍隊の階級を、負けたあとまで目くされ金で押しつけられるのはご免だ、おれはとにかく生残ったが、戦死した兵隊は、死んでしまったから文句も言えないで、死んだあとまで遺族年金などの階級差別をされている、死んだ兵隊が可哀相だ、いくら国のためだったにしても、死んだ兵隊はほんとに可哀相だ、腹ぺこの栄養失調で、敵の弾をくらって、好きな女も抱けないで、マラリアにやられ、コレラに罹り、げっそり痩せこけ、ぼろぼろの乞食みたいな服で、傷口に蛆が湧いて、シラミだらけの白い頭で、ようやくジャングルを越えたのに、氾濫した河に流されてしまった者もずいぶんいた、

――お体の具合はいかがですか。

――家内に聞きませんでしたか。

――心配はないというお話でした。

――恐縮ですが、窓を締めていただけませんか。

――窓は締まっています。

――上の窓ですよ。

――締まっています。

――そうですか。寒くありませんか。

――私は厚着していますから。

――この病院は暖房がないんです。

――顔色がいいので安心しました。

――それは熱のせいです。

――熱があるんですか。

――たいした熱じゃありません。ビルマでやられた肩と足の傷が、季節の替り目に必ず痛むんです。今頃がいちばんいけません。

――大事になさってください。

――わたしの病名を聞きましたか。

――おくさんに伺いました。胃潰瘍はわたしもやりましたが、養生すれば、手術をしなくても治ります。

――家内は嘘をついているんです。本当は胃ガンです。腸もやられてますね。あと半年以内の命でしょう。わたしには分っているんです。

――どうしてそんなことが分りますか。

――分りますよ。家内の様子で分りましたが、医者や看護婦の態度を見ても分ります。

――思い過ごしじゃありませんか。胃を悪くすると、みんなガンを恐れてノイローゼみたいになる。

――わたしは恐れるものなどありません。戦死した仲間たちを思えば、大分長生きしましたからね。


もういいのだ、おれは生き延びたが、ろくなことはなかったようだ、おれはすっかり疲れた、女房は、もうおれが死んだってたいして悲しまないだろう、却ってほっとするかも知れない、伜(せがれ)はグレて寄りつかないし、娘は嫁にいったきりやはり寄りつかない、おれはまた独りになった、アラカン山脈のジャングルの中だ、暗くて、獣の遠吠えがして、戦友

たちの遺骨はあのままジャングルに眠っているのだろうか、

そうだ、やっと思い出したぞ、さっきから考えていたのだ、おれはカメレオンを食ったことがある、大きなカメレオンだった、そいつに塩をふって焼いた、脂身のない鶏肉に似ていたが、でも、あまりうまいとは言えなかったな、うまさでは象の鼻のほうがぐっと美味しかった、蟋蟀（こおろぎ）も腹がへったときはうまかったけど、

――それでは失礼しますが、明りをつけましょうか。大分暗くなってきました。

――お願いします。看護婦がくる時間ですが、手が足りないらしく、なかなか来てくれないんです。

――どうぞお元気で。

――忘れ物はありませんか。

――ありません。

――そこに傘がありますよ。

――私は自分の傘を持っています。

――それじゃ誰の傘だろう。

――さあ……。

雨はやみそうもないな、どうせ降るなら、親指くらいの大粒の雨がざんざん降ればいいのに……。

司令官逃避

——陣地は死すとも敵に委すること勿れ。

(「戦陣訓」より)

〈陸軍刑法〉

第四十二条　司令官敵前ニ於テ其ノ尽スヘキ所ヲ尽サスシテ隊兵ヲ率ヰ逃避シタルトキハ死刑ニ処ス。

註　司令ニ任スル陸軍軍人トハ苟(イヤシ)クモ軍隊ノ司令ニ任スル以上ハ其ノ団体ノ大小、任務ノ軽重ヲ問ハス又司令ニ任スル者ノ将校タルト下士タルトニ論ナク総テ茲(ココ)ニ所謂司令官ナリト解セサルヘカラス。

昭和十九年末、太平洋戦争における日本軍はすでにサイパン、グワム、テニアンを奪われ、陸海軍の主力を結集したフィリピンのレイテ島でも惨敗を喫し、十二月十五日には陸海空の圧倒的な戦力をもった米軍がルソン島の南、ミンドロ島に上陸、フィリピン防衛を担う第十四方面軍司令部の置かれたルソン島の中心マニラ市街は連日の空爆に曝されていた。特攻機は次ぎ次ぎに基地を飛立っては還らず、内地では沖縄決戦、本土決戦が叫ばれていた頃である。

そのような情況下の十二月二十八日、台湾の高雄を出航した輸送船団が、米軍の戦闘爆撃機や潜水艦を警戒しながらバシー海峡を渡り、無事にルソン島北部の北サンフェルナンドに着いたのはほとんど奇跡的だった。マニラに入港する予定を、沈没艦船が多くてマニラ湾へ入れないので北サンフェルナンドに変えたのだが、無事にルソン島の土を踏めるかどうか、凍るような気持で危んでいたのは戸田上等兵だけではなかった。

「しかし同じことさ。どうせおれたちは助からない」

昼夜兼行の荷揚げ作業にへばった様子で、小休止の煙草を一服つけると、永野上等兵が投げやりに言った。現役で張切っている若い兵隊たちと違って、戸田も永野も支那事変に従軍し、今度で二度目の応召だった。それまではふたりとも徴用工だったし、年齢は戸田が一つ下の三十四歳、体つきは柔道三段という永野のほうが逞しいが、東京の場末で育った環境なども似通っていた。

「どうせ助からないか」

戸田は鸚鵡返しに呟き、おれの声も大分投げやりだなと思った。入港後間もなく敵の戦闘爆撃機Ｐ38の猛攻をうけ、船団十隻のうち八隻が撃沈され、その残骸のマストが入江のあちこちに夕日を浴びていた。

――いや。

戸田は心の中で首を振った。リンガエン湾に映る燃えるような夕日を眺め、感傷的になっている自分が気に入らなかった。戦争は負けるだろう、だから戦死するかもしれない、しかし、まだほんとに死ぬとは思っていない、永野も感傷的になっているだけではないのか。

「ほんとに助からないと思ってるのか」

「まず助からんね」

「あんたも死ぬのか」

「おれは大丈夫さ。絶対に死なない」

「なぜだ」

「おれは運がツイている。支那でも、普通なら死ぬところを、おれは何度も助かってきた。クジ運もいいし、たとえ部隊が玉砕するようなことになっても、おれだけは生残る自信がある」

永野は生真面目な表情で、自分に都合のいい解釈をしていた。額の広い長い顔で、徴用工の前は化粧品会社に勤めていたというが、戸田に較べれば遥かに楽天的な男らしく、性格も多少ズボラだった。戸田は洋画の配給会社に勤め、アメリカや西欧の映画が輸入されなくなってぶらぶらしていたところを徴用に引っぱられ、軍需工場でプレス工をやらされていたのである。

北サンフェルナンドは、緑の椰子並木に縁どられた小さな港町だった。しかし、先着していた守備隊の兵士の話を聞くと、住民の大半は何処へか逃去り、残った住民も初めの頃は友好的だったが、米軍優勢の噂が高まるにつれて日本軍兵士に侮蔑的な態度を示すようになっていた。軍票が日ましに下落して、町外れの露店で売っているバナナが一本三円から五円、黒砂糖一塊三十円、正価十五銭の煙草「金鵄（きんし）」が一箱二十円から三十円もする。煙草や罐詰などは軍の横流し品で、月給二十四円の上等兵にはむろん手が出ない。また、家々の柱に「かつかしぬるか」というペンキ書きの平仮名が至るところで眼についたが、それが「勝つか死ぬるか」と分ったときは、

「厭なことを書きやがるな」

永野上等兵も不吉を覚えたように言った。先着部隊が決死の覚悟を促すために書いたらしいが、全部平仮名にしたのは漢字の読める華僑がいたせいだという。

いずれにせよ、無事に入港したものの上陸した途端に爆撃をくって、それから数日は穏やかに過ぎたが、年が明けて正月五日の夜半、大隊本部へ命令受領に行った小柴兵長が飛ぶように戻ってきた。

「いよいよ来やがったぞ。無線将校が復誦しているのを聞いたんだ。敵の船団がポロ岬沖に現れた。すぐそこだぜ」

小柴兵長は息を切らして、声が上ずっていた。

——わたしは少し酔っています。話が前後したら注意してください。しかしまだ大丈夫、杉沢中隊長のことでしたね。分っています。あんたもどうぞ遠慮なく飲んで、お互いに手酌でやりましょう。

敵の艦砲射撃が始まったのは翌六日の未明でした。砲弾の音で眼が覚めたんです。中隊は住民が逃げたあとの空家を宿舎にして、分隊ごとに分散していましたが、艦載機のグラマンも蜂の大群みたいにやってくるし、その機銃掃射の怖さといったら、腰が抜けたようになって逃げられない兵隊がいたくらいです。とにかく伝令がきて山のほうへ退避しろというので、泡をくって逃げました。どういうわけか、逃げるのは海軍のほうが早くて巧かった。わたしたちが外へ飛出したら、海軍の兵隊がどんどん逃げてゆく最中だった。わたしたちのほうはてんでんバラバラです。マンゴーや椰子林の斜面を無我夢中で逃げた。それでも、多少は安全と思われる山の中腹で一息いれたら、不思議に中隊の者がまとまって、砲弾に吹っ飛ばされて欠けた者はいましたが、ほかの隊の者は一人も紛れこんでいなかった。あとで考えると、みんな無意識のうちに中隊長の動きについていたようです。

温厚な、実にいい中隊長でした。部下を叱りつけるときでも、決して大きな声を出さなかった。わたしより三つか四つ年上だったでしょう。支那事変で北支に従軍してから予備役になり、二度目の応召まではカメラ会社に勤めていたと聞きました。甲幹出身の中尉です。子供が三人いるということも聞きました。ちょっと渋い感じの男前で、臆病なひとだったとは思いません。

しかし、中隊全員の素質はあまりいいと言えなかった。装備もひどかったし、三十歳過ぎの補充兵と、沈没した船から這い上った丸腰の海没組ばかりで、生のいい現役兵は海没組の中のほんの僅かだった。上陸してから臨時に編成された特設中隊ですが、僻む奴は半端な兵隊を寄せ集めたようだなんて言ってました。

もちろん、だからといって杉沢中隊長が半端な将校だったわけじゃありません。

山の中腹から見下ろすと、北サンフェルナンドの沖合は敵の艦船が、まるで観艦式に集ったみたいに百隻以上も浮かんでいる。わたしは夢を見ているようで、信じられない気持だった。

「凄えな」

永野上等兵も呆然としたように言ったが、それが夢ではない証拠に、艦砲射撃を滅多やたらにぶちこんでくる。一息入れるどころじゃありません。大隊本部へ連絡を出したけど、何処へ行ってしまったのか、砲撃でやられたのか、それっきり戻ってこない。通りかかったほかの隊の者に聞いたらバギオへ行くというので、わたしたちも這い上るように山をのぼってバギオへ向いました。バギオは松の都といわれたくらい松林の多い避暑地で、当時は山下大将の方面軍司令部や大使館員などもマニラから移ってきていました。海抜千五百、東と北の岡にしゃれた教会があり、白い壁に赤や青い屋根の別荘風な家が点在し、緑の芝生に囲まれた美しい湖もありました。目抜き通りには喫茶店や映画館もあったようです。しかし、わたしたちが行ったときはもちろんごった返していて、

「何をしに来たんだ」

連隊副官の藤巻という大尉が、杉沢中隊長の顔を見るなり怒鳴りました。眼の窪んだ平べったい下品なつらで、呉服屋のおやじだったという四十歳過ぎの男ですが、えらそうなひげを生やして、北サンフェルナンドへ戻れというんです。中隊長もずいぶん無茶だと思ったらしいけど、命令では仕様がありません。上官の命令は天皇陛下の命令と心得よです

からね。わたしたちはぶつぶつ言いながら引返しました。

ところが、北サンフェルナンドは連日の艦砲射撃と空爆で全く見るかげもない。ナパーム弾で椰子林も丸坊主に焼きつくされ、杉沢中隊は山あいに陣地を構えましたが、ろくな装備もない有様で、陣地といっても壕を掘っただけです。砲弾がとんでくるたびに壕へもぐって、友軍機がやってくる日を待つばかりだった。敵はすでにリンガエン湾に上陸していたし、友軍機はほとんど特攻隊で潰滅状態だったのですが、それはあとで分ったことで、兵隊たちはどこで噂を聞込んでくるのか、祭提灯のようにリンガエン湾に浮かんでいる敵船団の灯を眺めて、

「あれは日本海軍に湾口を封鎖されて出られないせいだ」

「アメリカ兵はパンがなくて、カレーライスばかり食わされているっていうぜ」

「二月十一日の紀元節を期して連合艦隊の大攻撃が始まるので、友軍機がこないのは、そのときのために満を持しているらしい。ここにいれば高見の見物で、コテンパンに敵がやられるところを見ることができる」

などと、のんきなことを真顔で言い合っていました。そんな状態でも、かならず日本が勝つと信じている者が大部分だったんです。こっちはカレーライスどころか、乾パンも食えないでいたのに、今考えるとおかしいけれど、アメリカ兵のカレーライスを羨しがる者はいませんでした。いえ、結構です。ほんとに結構、わたしは手酌が好きなんです。近ご

ろ血圧が高いし、あまり飲めるほうでもありませんが、ほかに愉しみもありませんからね。どうですか、この漬物は。割合さっぱりしてるでしょう……。

——青いバナナは渋くて食えません。でも、昼間は敵の観測機が空をまわっているし、爆撃の目標になるから火を使えないが、ゆでると渋味がとれて大根みたいな味になります。それに塩を加えると甘くなって、バナナの木の芯も食べました。生のままか、煮て食ったこともあります。食べられる部分はほんの親指くらいで、味は殆どありません。パパイヤは実がなかったけれど、幹を輪切りにしてぐつぐつ煮るんです。堅い筍みたいでちっともうまくないが、何しろ腹ぺこでしたからね。食べられそうな物は何でも食べました。ぐつぐつといえば、軍靴や革帯を三日も煮込んで食べたこともあります。これは大分あとのことで、栄養があると思ったんです。しかし靴はやはり食べる物じゃありません。スルメみたいにしゃぶっただけですが、まあ関係のない話はよしましょう。

とにかく紀元節を過ぎても、日本の連合艦隊はいっこうにやってこない。砲弾は相変らず飛んでくるし、フィリピン人のゲリラも活潑になって、全滅させられた小隊もでてきた。敵の陸上部隊が攻め上ってきたら、もちろん突撃して玉砕するほかないので、中隊長もさすがに覚悟を決めていたようです。もうカレーライスの噂をする奴なんかいません。わたしなども、覚悟というほどではないが、ここで死ぬんだと思っていました。

ところが、北サンフェルナンドの裏山にこもって一ヵ月ほど経ったとき、ふいに大隊から伝令がきて、バギオへ転進することになった。

「助かったな、おい」

永野がほっとしたように言いましたが、内心はみな同じ気持だったと思います。バギオまで山道を約一週間、日中は谷間に隠れて眠り、行軍はもっぱら夜です。ゲリラを警戒するためで、その点、中隊長は非常に慎重で、部下を大切にしていました。負傷した部下を置去りにして、先へ行ってしまうような隊長とは違っています。

しかしバギオに着いて、助かると思ったのは束の間でした。最初に行ったときの松の都という美しい印象は爆弾とともに吹っ飛んで、どこもかしこも焼跡だらけ、方面軍司令部のあった綜合病院もやられて退避壕にもぐっている始末です。わたしたちが着いたときも、どこがやられているのか、地ひびきのような砲声が聞えていました。そして、ようやく着いた杉沢中隊に与えられた次ぎの任務は、バギオ防衛のためグリーン・ロードのキャンプ・3（スリー）を死守しろという命令です。

バギオとマニラの間は約二百キロありますが、マニラから平坦なルソン平野を北上して、急な坂道をバギオに至る十キロの道路がグリーン・ロードです。平地から一キロごとにキャンプ・1（ワン）、キャンプ・2（ツー）というように道標が立っていて、キャンプ・10まであるうちのキャンプ・3です。曲りくねった道は片側がジャングルで、反対側が崖になっている。その最前線の守備に、最も装備が悪く、ロートルの補充兵と丸腰の海没組ばかりの杉沢中隊が命じられたわけです。隊員は百六十人くらいいましたが、装備は擲弾筒三筒に兵隊の三八式小銃だけ、軽機関銃もなければ無線も有線もない。もちろん海没組は小銃も持っていない。特設中隊はいつも継子扱いで、いちばん割の悪い役ばかり押しつけられる。大隊長にしてみれば、子飼いの中隊が可愛いというのでしょう。とにかく杉沢中隊はキャンプ・3の道標辺を中心に展開し、第三小隊が右側高地、指揮班と第一、第二小隊が左側の高地にこもりました。

それでも、初めの頃はマニラから退却してくる部隊や、水を汲みに降りてくる兵隊が往来して、糧秣の補給もどうにか続いていました。しかしそれも二月末頃までです。往来がなくなると同時に、補給のほうもぱったり跡絶(とだ)えてしまった。マニラ方面に残っていた部隊は退路を断たれたんです。バギオの主力部隊も動きがとれなくなっていたらしく、糧秣受領に行った兵隊は、自活しろと言って追返されてきました。自活しろと言われたって、食い物があるような所じゃありません。仕様がないから交替で、山岳地帯のジャングルを三里も四里も這いつくばってイゴロット族の芋畑を探し、その晩は芋畑の小屋に泊り、翌日帰隊するという生活を何日かつづけました。イゴロットは山岳部族です。畑になりそうな所を切拓いて火をつけ、その灰と腐葉土を肥料にして芋畑をつくり、土地が枯れ、芋を食いつくしたら次ぎの畑へ移動するらしい。彼らは豚や犬も飼ってたようですが、わたしたちが見つけたのは食いつくされた跡の芋畑ですから、残り芋の屑ばかりで、たいして収穫があったわけじゃありません。敵の観測機は一日じゅう空をまわっているし、友軍機は依然一機も現れない。連絡兵が帰らなかったり、水汲みに降りた兵が機銃でやられたり、マラリアで死ぬ者もでて、その心細さといったらありません。

「いつまでこんな所にいろというんだ」

「軍司令部も連隊や大隊本部も、とうにバギオをずらかったんじゃねえのか」

苛立ったように言う兵隊もいました。夜は厭な声で猿が啼きます。もう誰も不安を隠せなかった。楽天家で喉自慢の永野さえ、全然下手な歌を歌わなくなりました。「勘太郎月夜唄」なんていうのが得意だった男です。

そのうち迫撃砲の大きなやつがぶちこまれだして、敵の遊撃隊と出遭ったのは確か三月十三日と憶えていますが、萱の藪っ原にいた指揮班の七人が自動小銃をくらって全員戦死、翌日はキャンプ・3の反対側の山中でわたしの所属していた小隊がやはり敵の遊撃隊とぶつかり、自動小銃の攻撃でたちまち半数以上がやられた。重いばかりで骨董屋に売りとばした方がいいような三八銃と、バリバリ撃ちまくる自動小銃とではまるっきり勝負にならない。逃げるのが精いっぱいで、戦う余裕などありません。どこをどう逃げたのか自分でも分らない。夢中で逃げました。この日は第一小隊も敵と遭遇して十二、三人戦死しています。敵は眼前に迫り、このままでは死を待つようなものです。わたしたちは中隊長の判断で、飲水のある沢へいったん退避しました。部下を犬死させたくないと思ったら、ごく当り前の行動でしょう。

ところが、それまで中隊を放ったらかしにしていた連隊副官の藤巻大尉が、部下を三人つれてふいに現れたんです。そしていきなり、守備地点を勝手に放棄したというので怒鳴りだした。有無を言わせません。中隊長が弁解しようとしたら、「口応えするのか」と言って、わたしたちが見ている前で、軍刀で滅多打ちです。顳顬(こめかみ)に青筋を立てて、まるで気ちがいだった。「きさまはそれでも帝国陸軍の軍人か、恥を知れ、恥を。敵に遭ったらなぜ死ぬまで戦わんのだ。上官の命令を何と心得ている。ここで腹を切るか、さもなければ軍法会議にかけてやる。きさまのような将校は連隊の名折れだ」罵詈雑言を浴びせながら、殴り放題です。

中隊長は黙って殴られていました。奥歯を食いしばるようにして、じっと殴られていました。「畜生！」思わず唸った兵隊がいます。わたしも中隊長を助け、副官を叩っ殺してやりたい衝動に駆られました。しかし副官の部下は軽機を敵に対するように構えていたし、上官の命令は絶対だった。中隊長が我慢しているなら、わたしたちも我慢するほかどう仕様もなかった。分りますか。わたしは口惜しくてたまらなかった。中隊長はもっと口惜しかったに違いない。呉服屋のおやじだった野郎が、階級が一つ上というだけで、国のために召集された中隊長を殴っているんです。厭ですね。つくづく軍隊が厭だと思った。連隊本部で楽をしている副官などより、中隊長のほうが遥かに危険な前線で命を賭けていたんです。ほんとに畜生！　と思いました。あんたはそう思ったことがありませんか。厭でしたね。どうにもこうにも腹が立ち、厭でたまらない気持だった……。

——いえ、わたしはまだ酔っていません。毎日飲んでいても、酔いのまわりが早いときと遅いときがある。その日の気分によって違うようです。まわりが早いから気分がいいとは限らない。きょうは遅いけど、非常に快適な気分です。あんたはあまり召上りませんね。お見受けしたところ痩せていらっしゃる。太っているより痩せたほうが健康らしいが、もう少し太られたほうがいい。そのためには何より酒です。ビールやウイスキーは駄目、やはり日本酒です。わたしが飲むようになったのは、戦争に負けて還ってからですが、煙草も麻雀もやらない代わりに、酒だけは欠かさない。わたしから酒をとったら何もなくなってしまう。酒とつるんで生きてるようなものです。酒の機嫌で河内山、あれは面白い芝居でしたね。でも酒の機嫌で河内山というのは講談の文句ですね。それとも浪花節だったかな。浪花節だとしたら、虎造ではなくて勝太郎でもなくて、確か木村友衛でしょう。浪花節の声色が巧い兵隊がいたけど、そいつもフィリピンの山ん中で戦死しました。いいえ、副官の藤巻大尉は酔っていたわけじゃありません。戦況が悪化して気が立っていたかも知れないが、正気で殴っていたんです。そしてさんざんぶちのめしてから、「きさまを軍法会議にかけてやる。別命あるまでは守備地点に戻って、一歩も動いてはならぬ」と言い捨てて引揚げました。

そのあと、心配して見ていた小隊長や下士官が駆け寄りましたが、杉沢中隊長は、

「済まん」

とひとこと言ったきりだったそうです。副官に対してはついに謝らないで、部下に済まないと謝ったんです。僅かひとことに、万感の思いがこもっていたに違いありません。

「軍法会議にかけられたら、どうなるんですか」

小柴兵長が人事係の青柳曹長に聞いていました。

「死刑さ」

青柳曹長は寝そべったまま答えました。自動小銃で両足をやられ、体を起こせなくなっていたんです。中学で国語を教えていたという、おとなしい曹長でした。

その日は戦友の遺体を埋葬したり、負傷者の応急手当などで日が暮れ、小柴兵長とわたしが附添って、分隊長の三浦軍曹をバギオの野戦病院へ後送する命令を受けたのは翌日です。負傷兵でも動けない者は仕様がないが、三浦軍曹は崖から落ちて左腕を折り、迫撃弾の破片で右足もやられていたけど、ビッコをひきながら歩けないことはなかった。背中い

ちめんに見事な刺青を彫って、親の代から大工の棟梁だったという威勢のいい軍曹です。いくら威勢のいい棟梁でも、左腕が肩の付け根からブランブランで、ビッコをひいていたのではサマにならない。後送されるのは、戦友を見捨てるようで厭だと頑張っていましたが、中隊長の命令で承知しました。前の日の戦闘で小隊長が戦死し、本来なら三浦軍曹が小隊長に代わるところだったから、責任を感じて頑張ろうとしたのでしょう。しかし実際の話、ろくすっぽ武器も食糧もないのに、負傷兵は足手まといになるだけで、それに中隊長の気持としては、どうせキャンプ・3は守りきれないのが分っているから、なるべく多くの部下を後方へ逃してやりたかったのだと思います。軍法会議にかけられれば自分は死刑、残った部下はアメリカ軍の餌食です。だから後送を命じられたのは三浦軍曹のほかにも何人かいて、それぞれ二人ずつ兵隊が附添いました。わたしなどはお陰で助かったようなものです。

「うまくやったな、戸田」

永野上等兵はわたしにそう言いました。露骨ですが、真実をついています。わたし自身、キャンプ・3から一歩でも離れれば、それだけ命が延びた気がしました。

「すぐに戻るさ」

わたしが永野に答えたのは強がりに過ぎません。小柴兵長と交替で三浦軍曹に肩を貸し、グリーン・ロードは空爆が危いので、予め探しておいた野牛の通るジャングルの小径を、疲れて息が苦しくなっても休む時間が惜しく、早くバギオへ行きたい一心で山道をのぼりました。後送が決ったら、三浦軍曹も同じ気持だったんです。喘ぎ喘ぎ二キロくらい這い上ったとき、ふいに銃声がひびきました。ダダダダ……、という自動小銃の音です。そのときの三浦軍曹の素早さには驚きました。傷の痛みに耐えて、ビッコをひいてようやく歩いていたのに、「敵だ！」と叫ぶなり、転がるように沢を滑り降りて岩陰に隠れた。小柴兵長もわたしも夢中で彼のあとから岩陰にもぐりましたが、手榴弾が爆発するような音が聞えたのはその直後です。それっきり何の物音も聞えない。わたしたち三人は顔を見合わせたまま、しばらく口がきけなかった。岩陰から出るに出られない気持ですが、いつまでもじっとしているわけにもいかない。フィリピンの三月はいちばん気候のいい乾期です。日ざしは熱いが、湿気がなくて、特に山中では日陰に入るとひんやりするほど涼しい。空を見上げると、バギオ山系の稜線がくっきり浮かんでいる。空の色は吸い込まれるような青さです。つい何分か前に銃声が聞えたなんて信じられない。

「いい天気だ」

わたしがまず外へ出て、何となく呟きました。ほかのことを考えていたのに、思わず口にでた言葉です。すると三浦軍曹も小柴兵長も「そうかい」てなことを言って、まるでお天気をみるように這い出してきました。銃声を聞き、戦友がやられていると分りながら、三人とも逃げてしまったことにうしろめたさを感じていたんです。しかし、戦場で助け合うなどという美談には嘘が多い。簡単に助けられる場合は別でしょうが、支那事変に従軍した経験でも、他部隊がいくら苦戦していても直属上官の命令がなければ救援に行かない。軍隊というところは辻褄さえ合えばいいので、命令されてもわざと時間かせぎに遠まわりして行ったりする。だからその逆の立場で、わたしのいた隊が苦戦していたとき、曹長について山砲隊へ救援を求めに行ったことがありますが、命令系統が違うと言ってあっさり断られました。しかし当り前かもしれません。みんな自分の身が可愛いのです。わたしたちは一時間くらい様子を見てから、ふたたびバギオへ向いました。戦友の死体を見つけたのは一キロくらい先です。負傷した下士官を担いで先発した三人のうち、一人は火焔放射器でやられたらしく、丸焦げで顔も分りません。あとの二人も血だらけになって、とうに息が絶えていたようでした。わたしたちは険しい道を必死でよじ登り、ようやく、サント・アモスの山頂に着いたのが夕方です。ここまでくればバギオへ四メートル幅くらいの道が通っているし、もう一息です。わたしたちはホッとすると同時に、三浦軍曹がどうにも動けないというので、休むことにしました……。

――軍歌が聞えるでしょう。となりのレコード屋ですよ。うるさくて仕様がないが、近頃は軍歌のレコードがよく売れるそうです。全く変な世の中になってきました。酒を飲みながらあれを聞いていると、つまらないことを思い出していけません。この近所で、家内にまでわたしは戦争ボケだなんて言われてますが、確かにそうかもしれない。忘れてしまえばいいことを忘れられなくて、積極的に何かをやろうという気が起こらない。しかし、これは愚痴じゃありません。話をつづけます。サント・アモスでしたね。

サント・アモスの山頂附近は、ほかの部隊がいて、輜重(しちょう)隊の大行李（車輛）も何台か駐(とま)っていました。松林の路傍で一コ中隊くらいが飯盒で飯を炊いている風景を見たときは、何しろ友軍の兵隊をまとめて見るのが久しぶりで、非常に妙な気がしたことを憶えています。こんなのんきな野戦生活が、まだあったのかという驚きです。それほど食糧に困っている様子も見えません。この分なら日本軍も大丈夫かと思ったくらいです。松林の奥へ行ったら、フィリピンの若い女と歩いている将校もいました。少しも悪びれないで、将校の特権みたいなつらをして歩いていた。わたしたちは、迫撃砲でやられたらしい馬の肉を奪い合うように切り取っている兵隊がいたので、強引にその仲間に割込み、その晩は上陸以来初めての肉料理にありつき、満腹したらわたしも小柴兵長も動くのが厭になり、天幕にくるまってぐっすり寝ました。

ところが、次の日バギオへ行くと様相がまるっきり違っている。バギオまでの道筋は月見草のような白い花がきれいだったが、バギオ市街は爆撃で廃墟のようだった。この前行ったときよりもっとひどい。

「どこの隊だ」

擦違った若い将校が、横柄な態度で聞きます。

「杉沢中隊です」

小柴兵長が答えました。

「弱虫中隊だな。何をしにきた」

「三浦軍曹殿負傷のため、後送してまいりました」

「きさまら、勝手にずらかってきたんじゃないのか」

「中隊長殿の命令です」

「ふん」

将校はいかにも軽蔑するように鼻を鳴らし、そのまま行ってしまった。

わたしたちの中隊はいちばんビリッけつの第八中隊ですが、第四中隊の関兵長に出会ったのはそれからすぐです。一中隊から順に、各キャンプごとにグリーン・ロードの守備に当っているはずで、四中隊ならキャンプ・7にいなければならない。その四中隊の関兵長が、

「何をしにきたんだい」

最前の将校と同じようなことを小柴兵長に聞きました。ずんぐりした補充兵で、悪気のある男じゃありません。

小柴兵長は最前の将校のときと同じに答えました。

「すると、八中隊はまだキャンプ・3にいるのか」

「当り前だろう」

「お宅の中隊長は軍法会議にかけられるという噂だぜ。知ってるか」

「知っている。さっき会った若僧の将校に、弱虫中隊と言われた」

「どうして逃げたんだ」

「敵さんに撃ちまくられて退避した。もちろん一時的退避だが、そこを副官のばか野郎に見つかった」

「噂とは違うな。杉沢中隊は敵が怖くて、ジャングルに逃げているところを見つかったと言われている」

「それは誤解だ。あくまでも一時的退避で、已むを得ない行動だった。考えてみても分るだろう。こっちは古ぼけた三八式で、敵は自動小銃を撃ちまくる。まともにぶつかったら敵うわけがない」

「分っているさ。敵は重火器を装備し、ロケット弾まで撃ちこんでくる。だからおれたちは後退さ」

「大隊長の許しを得たのか」

「もちろん大隊長の命令がなければ動けない。六中隊も七中隊も引揚げている」

「すると、残っているのは八中隊だけか」

「そうらしいな」

「うむ」

小柴兵長は唸った。傍らで三浦軍曹が青い顔をしていた。中隊長は軍法会議にかけられる、そして部下の将兵は罰として最前線に食うや食わずのまま残されている、そう解釈するほかはなかった。

「それでおれたちは弱虫中隊と呼ばれているのか」

「むくれても仕様がない」

「呉服屋の副官が喋り散らしたんだな」

「喋り散らしたわけでもないだろうが、そういう話はすぐに伝わる。杉沢中尉はインテリだ。呉服屋のおやじは劣等感を抱いている。陸士出の若僧は威張りたがるだけだが、特進将校の中には陰険なのがいるからな」

「そんなことは理由にならん」

「確かに理由にならん。しかし軍隊では、どんなことでも理由になる。あるいは、理由になることでも理由にならない。将校は殿様商売だ。呉服屋のおやじは、たまたま機嫌が悪かったのかもしれない。このところ大分荒れ気味という噂を聞いた」

「なぜだ」

「知らん。あるいは女に振られたというだけかも知れない。最近、惚れていた混血に逃げられたらしい」

「しかし女に振られたからって、そんなばかなことがあるか」

「ばかなことなら、そこらじゅうに転がっているさ。この街を見ろ。これほどやっつけられて、日本軍は手も足も出ないんだ。たいてい頭がおかしくなる」

「それでおれたちが弱虫中隊か」

「言いたい奴には言わせておけ」

「キャンプ・3では食い物がなくて、みんな飢えているんだ。戦死者も二十名を越えた。病気で死ぬやつも出てきている」

　小柴兵長の声は呻くようだった。わたしも口惜しくてたまらなかった。小柴兵長は普通のサラリーマン出身で、口数は少いが割合ムカッとしやすい男です。しかしそのときは呻くように言っただけで、野戦病院の道順を聞き、関兵長に別れました。

　ところが、野戦病院といっても屋根を吹き飛ばされた焼跡で、天幕を張ったり板囲いをしたりで、寝台ひとつない有様だった。そうしてようやく辿りついたのに、

「ここはおまえらの部隊がくる病院ではない。所属が違う」

　受付で焚火にあたっていた衛生下士官に、あっさり断られました。バギオには野戦病院がもう一ヵ所あったんです。三浦軍曹がわたしの肩につかまって倒れそうになっているの

を見ながら、こっちの事情を聞こうともしない。所属もへちまもあるもんかと思ったが、仕様がありません。

しかし、もう一ヵ所の野戦病院へ行っても、冷い扱いは同じでした。

「入院したって仕様がないぜ」

衛生兵がそう言うんです。

わたしは理由を聞きました。

「見れば分るだろう。薬もなければ食物もない。動けなくなったのが残っているだけだ。動けるうちに原隊へ戻ったほうがいい」

「――――」

わたしは返す言葉もなくて、三浦軍曹を見ました。原隊へ戻れないことは分っています。戻れば戦友の足手まといになって乏しい食糧を減らすばかりです。小柴兵長が文句を言いましたが、衛生兵は同じことを繰返すだけで、

「何処へでも、ここから抜出せるやつが羨しい」

と言い出す始末です。

そこへ、一週間ほど前に後送された内海伍長が、わたしたちが来たことに気づき、板囲いの奥から手招きしました。見違えるほど痩せこけて、起上る力もないんです。そして最初に言った言葉が、何か食う物はないかということでした。入院しても治療を受けられず、

薬もないし、たまに青いパパイヤ入りの小さな握り飯をくれるが、到底飢えを満たすには足りない、歩ける患者はみんな病院を出て、芋畑で暮らしているらしいというんです。

わたしはショックを受けました。つい前の日、サント・アモスで馬肉を食ったなんて嘘みたいです。三浦軍曹のショックは、もちろんわたし以上だったに違いない。

「それで——」三浦軍曹が内海伍長に言いました。「内海は何の手当も受けないで、寝てるだけか」

「そうだ。こうして寝てる以外にない。動けんからな」

「しかし、このままでは死んでしまうぞ」

「死ぬ。分っているんだ。ここを出て行ってもやはり死ぬ」

「傷の具合はどうなんだ」

「見たいなら見せてやる。パックリ口をあけて、蛆が湧いている」

内海は腹に巻いた晒（さらし）を解こうとした。血がにじんでいる晒だった。

「見たくない」

三浦軍曹は内海を抑え、途中の芋畑で掘った一握りの芋を与えた。自分の分を、全部やってしまったんです。まわりの傷病兵が、雑嚢（ざつのう）からつかみだしたその芋を、食い入るようなギラギラした眼で見つめていた。みんな飢えていたんです。名ばかりの野戦病院に放置され、傷の痛みに耐え、動くこともできず、このままでは死ぬと分っていながら、みんな飢えていたんです。あれでは栄養失調で死んでしまう。

「どうしますか」

　病院を出て、三浦軍曹に小柴兵長が聞きました。

「おれは死んでやる――」三浦軍曹はふいに烈しく言った。「何だあのざまは。あれが傷病兵に対する軍のやり方か。おれを軍司令部へつれて行ってくれ。将軍の前で自決してやる」

「短気を起こしちゃいけない。三浦さんの気持は分る。おれだって腹が立ってたまらない。しかしそんな真似をしたら、中隊長に迷惑がかかる」

「中隊長はどうせ軍法会議だ」

「そうと決ったわけじゃない」

「とにかくおれは死んでやる。歩けるうちに何処かへ行けなんて、死ねと言われたようなものだからな。きさまがそう言うなら、ここで死んでやる。おれがどんなふうに死んだか、みんなに伝えてくれ。危いからどけ」

「何をする気だ」

「どかないと、とばっちりをくうぞ」

　三浦軍曹はいきなり手榴弾の安全栓を抜いた。異常な眼つきだが、精神に異常をきたしているわけではなく、内海伍長に芋を与えたときから、覚悟を決めていたようだった。

わたしも小柴兵長も慌てて抑えようとした。

しかし、歩けないはずの軍曹が突然二十メートルくらい走った。バギオにくる途中、自動小銃の音を聞いたときの素早さと同じです。いざとなった場合の精神力としか考えられない。

ところが、三浦軍曹の叩きつけた手榴弾は不発でした。二発とも不発です。手榴弾というやつは全く不発が多くて、わたしも魚をとるつもりで使ったことがあるけど、やはり不発だった。

不発と知った三浦軍曹は、その場に坐り込んでしまいました。わたしと小柴兵長はほっとして駆寄ったが、どうにも慰める言葉がない。軍曹の涙を初めて見ました。ぼろぼろ涙をこぼして、体を震わせているんです。よほど口惜しかったか悲しかったか、背中いちめんに彫物をした威勢のいい大工の棟梁が、左腕がぶらぶらになり、足の傷もかなり深くて痛かったはずです。それが死のうとして死ねなかった。わたしたちが病院に入るようにすすめても、首を振るばかりです。無理もありません。入院すれば内海伍長と同じです。腹をへらして死を待つ以外にない。といって、負傷した体で原隊へも帰れない。わたしたちにしても、軍曹を放って帰るわけにはいきません。そのうち日が暮れてくるし、わたしたちもどうしたらいいか分らなかった。それで、とにかくその晩は近くの空家に泊り、あとは翌る日になって考えることにしました。別荘ふうの小さな空家が、松林のあちこちにまだ焼残っていたんです。寒い晩でした。月が明るくてね。月のひかりが窓からさして、松風の音が聞えていました……。

――ところが翌る朝眼を覚ますと、三浦軍曹の姿が見えないんです。いつ外へ出たのか、小柴兵長もわたしも気がつかなかった。しかしあの傷ついた足では、そう遠くまで歩けると思えない。三浦軍曹は、わたしたちの迷惑を察して姿を消したに違いなかった。前の晩、わたしは松風の音を聞きながらすぐに眠ったが、三浦軍曹は一睡もできなかったのかもしれない。わたしたちは廃墟のバギオを、通りすがりの兵隊に尋ねながら、隅から隅まで探しました。しかし、軍曹はどこにもいなかった。もちろん病院にも入っていない。あるいは首を吊っているのではないかと心配して、松林の奥の方まで探しました。連隊本部へ行ったとき、四中隊の関兵長にもまた会ったので聞いたが、やはり知らないという返事だった。連隊本部へ行ったときは、

「何をしてるんだ」

陸士出の生意気な将校に頭から怒鳴りつけられました。そしてほかの中隊を探し歩いたときも同様ですが、逃げてきたのではないかと疑われ、杉沢中隊が退避したことについて、さんざん皮肉を言われました。副官の藤巻大尉には会いません。本部に行ったときはいな

かったんです。

　わたしも小柴兵長も、どんなに歯ぎしりしたか知れません。ほかの中隊のやつらは、三浦軍曹が逃亡したとみているのです。

　わたしたちは探し疲れ、暗くなってから帰途につきました。三浦軍曹後送の附添いを命じた中隊長の言葉には、帰らなくていいという含みがあり、だから永野たちに羨しがられたが、バギオで噂されている中隊の不名誉を知って却って戻る気になり、夜なら敵の攻撃もないし、月明りに照らされたグリーン・ロードをいっきに降って行きました。キャンプ・6のあたりまでくると、左側は岩盤を剥きだした峻嶮(しゅんけん)がそそり立ち、右の崖下は急流が白い飛沫をあげて流れています。それまで一人の日本兵にも会いません。

「やはりみんな引揚げて、おれたちの隊だけ置去りらしいな」

　小柴兵長が呟きました。すでにバギオで分っていたことです。わたしたちは中隊の安否が気になっていました。ところどころに兵隊の遺体が転がっていたが、それらは栄養失調で落伍したらしく、杉沢中隊の者ではありません。

　ところがキャンプ・5を過ぎて間もなく、

「丸川じゃないか」

　小柴兵長が倒れていた兵隊を見て、ギクッとしたように言いました。同じ分隊の丸川一等兵です。肩から胸の辺にかけて血がべっとりついている。声をかけたが、息はありません。手に触ったら冷くなっている。口をあけ、月を仰ぐように眼を開いたまま死んでいる。その百メートルほど先にも、始終顔を合わせていた中隊の兵が二人、折重なるように倒れていた。

「いけねえな」小柴兵長が言った。「みんなやられたぜ」

「もう少し先へ行ってみよう」

「無駄だ。全員やられている」

「しかし――」

わたしは迷っていた。バギオの様子を中隊長に知らせたかった。

「無駄だよ」小柴兵長がまた言った。「この様子では中隊長もやられている。自分だけ生残るようなひとじゃないからな。連隊や大隊本部のやつらは、軍法会議の代わりにキャンプ・3の死守を命じて、自分たちが逃げる時間を一日でも多く稼ごうとしたに違いない」

「しかし、軍法会議にかけると言ったのは副官の独断だろう」

「守りきれないと分っているキャンプ・3を、死守しろと言えば同じことだ。あの呉服屋の副官はなぜキャンプ・3まで下りてきたと思う。初めから死守を命じるつもりできたのさ。ところが、ちょうど中隊が退避しているところを見つけたので、軍法会議を口実にしただけの話だ。どこかで犠牲を出さなければならないとしたら、特設中隊がまず生贄（いけにえ）にされる。分りきったことじゃないか。その証拠に、ほかの中隊はバギオへ引揚げている」

「悪く解釈すればそうだろうが、副官の最初の気持は、おれたちの中隊もバギオへ引揚げさせるつもりできたのかもしれない」

「そうは思わんね。それだけなら伝令を寄越せば済む。わざわざ副官がくることはない。とにかく、おれはもうやめたぜ」

「やめた？」

「兵隊をやめたのさ。冗談じゃねえや。そう虫けらみたいに殺されてたまるもんか。野戦病院へ行ったときから、ずっと考えていたんだ。戸田は考えないのか」

「考えていた」

考えないわけがありません。三浦軍曹を病院へ送り届けたとき、軍は兵隊を見捨てていると思いましたからね。負傷兵が行くところもないなんて、軍司令部の参謀連中は防空壕の中で作戦を練っていたかどうか知らないが、何処へでも好きな所へ行けという衛生兵の態度は、軍隊がもう壊れている証拠だと思った。冗談じゃねえや、わたしもそう言いたい気持だった。自殺しようとした三浦軍曹の気持も分るような気がする。ぼろぼろ涙をこぼして泣いたのは、悲しみや口惜しさのためばかりじゃない。理窟をこねるわけじゃないが、軍が兵隊を見捨てるなら、兵隊が軍を見捨てて悪い理由はない。バギオへ行かずに残っていたら、わたしも小柴兵長も死んでいたんです。

「こんな物は邪魔なだけだ」

小柴兵長が小銃を谷底へ抛った。わたしも小銃を投げ捨てた。軍隊手帳も破って捨てた。そしたら、急にさっぱりした気分になりました。まごまごしていて、グリーン・ロードで敵に遭遇したら逃げ道がない。わたしたちはジャングルに入り、芋畑を探して歩いた。キャンプ・3に戻って、中隊の最後を見届けたい気持は残っていたが、敵にやられる恐怖のほうが強かった。所持品は銃剣一本と、万一の場合の自殺用に手榴弾を二個、ゴボウ剣は芋を掘るためです。しかし、芋畑は簡単に見つかるもんじゃありません。見つかっても大抵掘りつくされている。それでも芋畑を見つけると、周囲にバギオ春菊というのが生えていて、これは兵隊が勝手につけた名前ですが、春菊のお化けみたいな大きな野草で、アクがないので結構うまく、四、五日はどうにか暮らせたもんです。マッチがなくても、拾った懐中電燈のレンズに太陽をあてれば、火種をつくることもできる。山の中を歩いていると、隊を離れたのはわたしたちだけじゃなくて、時おり三人か四人くらいの連れにぶつかって、方面軍司令部はアシン川上流の山岳地帯へ撤退したらしいなどという情報も耳にした。

「野戦病院の患者は置去りだよ。動けないのは空気注射で死なされたが、ほかは残っているって聞いた」

ある兵隊はそう言って去った。内海兵長や、三浦軍曹の消息は聞けなかった。十人、十五人とかたまって山中を放浪している兵隊もいた。彼らは一様に楽天的で、それは絶望を通り越して諦めがついたのかもしれないが、飢え死しなければそのうち戦争が終り、祖国へ還れるようなことを言っていた。水を飲みに沢へ下りたとき、

「陸軍さん――」

海軍の兵隊に声をかけられたこともあった。ハダシで、服もぼろぼろで、芋をわけてくれという頼みだった。わたしたちは芋と岩塩を交換したが、近くの岩穴に四十人くらいの下士官や水兵がいるという話で、海軍も陸軍も同じなのだと思い、それからまた山へのぼって芋畑を探しにゆく途中、猫を見つけたときはつくづく日本軍が四散したという感じがした。本来なら猫なんかいるわけがないので、飼主に捨てられて、その猫も腹ぺこでうろうろしていたらしく、小柴兵長がすぐに猫を捕えようとしたが、猫の逃げるほうが早く、かりに捕えたとしても、あんな痩せ猫ではろくに食える肉などなかったでしょう。野豚を見つけたこともあったが、やはり捕えそこなったし、

「サント・アモスへ行ってみないか」

隊を離れて二十日くらい経ってから、小柴兵長がふいと思い出したように言った。サント・アモスの山頂附近には輜重隊がいたし、飯盒で飯を焚いていた兵隊が多勢いたことを思い出したんです……。

——何しろ腹がへってましたからね。岩塩をなめて、たまに屑芋と野草にありつく以外は、ほとんど食物らしい物を食べていない。小柴兵長がサント・アモスを思い出した途端に、わたしは飯の匂いを嗅いだような気がした。ところが、方向が分らなくなっているから何日も同じ所を回り歩き、ようやくサント・アモスに着いたら惨憺たる爆撃の跡です。山容まで変っている。輜重隊のトラックは残っていたが丸焼けで、兵隊の死体があちこちに転がり、食糧のありそうな所を探したがやはりきれいに焼かれている。しんと静まり返って、まるで死の世界です。松林の奥へ入ったら、女が素っ裸で死んでいた。前にきたとき、将校がつれていたフィリピンの女だった。

「うまそうだな」

小柴兵長が言った。

わたしはドキッとした。女の白い尻を見て、同じことを考えていたからです。淫猥な感じも、憐憫の情も湧かなかった。無意識のうちにうまそうだと思っていたことを、小柴兵長に言い当てられたようでドキッとしたんです。しかし、もちろん食べなかった。フィリピンでは人肉を食ったという話を聞きますが、わたしたちは食わなかった。でも、あのときを思い出すと、もし小柴兵長がいなくて、わたし一人だったら食ったかもしれない。逆に、小柴兵長一人だったとしても、やはり食ったかもしれない。それほどわたしたちは飢えていたし、女の尻はとてもうまそうに見えた。白かったから、死んで間もない死体だったと思います。人間が、生きるために牛や豚を殺していいなら、人間を食ったっておかしくないじゃないか。わたしはそんなことも考えていた。あのときなぜ食わなかったのだろう、わたしは今でも考えることがある。しかしわたしは食わなかったし、小柴兵長もうまそうだと言って、悲しいような薄笑いを浮かべただけだった……。

——話がそれましたね。レコード屋の軍歌がいけないんです。あれを聞くとどうもいけない。酒が陰気になってしまうんです。どういうわけか、死んでいた女の尻と、永野上等兵を思い出す。永野に会ったのは、サント・アモスへ行ってから四日くらいあとだった。わたしたちは相変らず芋畑を探し歩き、でたらめに歩いていたのに、いつの間にかキャンプ・3の近くの沢に降りていました。そのときは水を飲みに降りたんです。

すると、草っ原に横たわってもそもそ動いている兵隊がいた。頭の上で両手をひらひらさせて、何の真似か分らないが、両足も変な具合に動かしている。顔に見憶えがあって、げっそり痩せてはいたが、第二小隊の滝本という分隊長だった。声をかけても返事をしない。眼をあいているが、わたしたちを見ようとしない。どこを見ているか分らない眼で、同じ動作を繰返している。何か呟いているみたいだが、低い声で聞取れない。頭が狂っていたんです。

ところが、滝本分隊長からほんのちょっと先にも兵隊が倒れていた。沢に降りると、兵隊の死体が転がっていることは珍しくない。大抵、水を飲みにきて、そのまま死んでしまった兵隊です。だから別に珍しくもなくて、

「こいつ、割合いい地下足袋をはいているぞ」

ボロボロの地下足袋をはいていた小柴兵長は、早速その兵隊の地下足袋を脱がせようとした。すると、

「おれはまだ生きてるんだぜ」

その兵隊が言った。

「え――？」

小柴兵長はびっくりして聞返した。

確かに生きていたんです。薄眼をあけて、その兵隊が永野上等兵だった。小柴兵長もわたしも二度びっくりです。骨と皮ばかりに痩せて見る影もないが、永野に間違いありません。

「永野か」

わたしが聞きました。

「ああ」

永野は弱々しく頷いて、眼に力を入れるようにわたしを見た。わたしが分ったようだっ

た。

「どうしたんだ」

「おれは死なないよ」

「中隊長はどうした」

「死んだ」

「小隊長は」

「死んだよ」

「青柳曹長は」

「みんな死んじまった。勇敢に戦ったけれどな、おれしか生残っていない」

「いつやられたんだ」

「きさまが行っちまった日さ。よく戻ってきたな」

「戻ったわけじゃない。きさまはどこをやられたんだ」

「おれはどこもやられない。みんなやられたが、おれはツイてるからな。腹がへって動けないだけだ。芋はないか」

「ある」

わたしは小指くらいの芋をやった。しかし、彼はすでに嚙む力がなかった。そして「水をくれ」と言った。

わたしは水を汲んできてやった。

しかしそのときには、永野は小指くらいの芋をくわえたまま息を引取っていた。わたしたちの姿を見て安心したせいかもしれない。水は彼の唇を濡らしただけだった。眼を閉じて、いくら揺っても、二度と眼を開かなかった……。

――これでおしまいです。お喋りをして、余分なことまで聞かせてしまいましたが、だから杉沢中隊長は、軍法会議にかけられたのではありません。戦死です。戦死というより、一副官の独断か、もっと上の奴らの命令か分らないが、とにかくそいつらのために、中隊長だけではなく、百人以上の兵隊が死地に追いやられ、全滅すると分っていながら全滅したんです。杉沢中隊を犠牲にして、果してどれほどの大局的な作戦効果があったか知りません。わたしのような一兵卒は、ただ自分の体験を語る以外にない。杉沢中隊の汚名が残っているとしたら、とんでもない誤解だと言いたいだけです……。

――どうしたんですか。もっと飲んでくださいよ。わたしは少しも酔っていない。血圧なんか気にしていません……。

——中隊長の遺族は広島の原爆で亡くなられたそうです。三浦軍曹や内海伍長の消息は聞きません。小柴は元気でやっています。年に一度か二度は会いますが、伊豆の温泉で旅館のおやじになっています。副官の藤巻は死にました。五年ほど前です。復員後、アメリカ軍の出入り商人になって大分儲けたという話で、呉服屋から衣料品の卸問屋の社長になり、偶然ですが、問屋関係の宴会が小柴の旅館であったとき、藤巻も現れたそうです。もちろん藤巻は小柴を憶えていなかった。しかし小柴のほうが忘れやしません。藤巻が現れたのは戦後十年くらい経った頃ですが、腰の低いじじいになっていて、小柴が杉沢中隊の生残りだと言っても当時を忘れたふりをして、しきりに首をかしげていたそうです……。

——藤巻の死は新聞で知りました。顔写真はぼやけてましたが、角張った顎で、太い眉に憶えがありました。すれ違いに刃物で殺されたという記事で、その後のことはよく知りませんが、犯人は分らずじまいのようです……。

――まだ軍歌をやってますね。いらいらしませんか。わたしはいらいらして、たまらなくなることがあります……。

――昨夜は三浦軍曹の夢を見ました。ぼんやりした夢ですが、眼を覚ましたとき、ことによると彼は生きて還っているのではないかという気がしました。大工の棟梁だったという軍曹のことですが……。

敵前党与逃亡

——みつみつし　久米(くめ)の子等(こら)が
粟生(あわふ)には　臭韮(かみら)ひと茎(もと)
其根(そね)が茎(もと)　其根芽(そねめ)つなぎて
撃(う)ちてしやまむ

（「古事記」より）

〈陸軍刑法〉

第七十六条　党与シテ故ナク職役ヲ離レ又ハ職役ニ就カサル者ハ左ノ区別ニ従テ処断ス。

一　敵前ナルトキハ首魁（シュカイ）ハ死刑又ハ無期ノ懲役若ハ禁錮ニ処シ其ノ他ノ者ハ死刑、無期若ハ七年以上ノ懲役又ハ禁錮ニ処ス。

（以下省略）

註　党与トハ犯人数人意思ヲ共同シテ衆力ヲ恃（タノ）ミ一定ノ事ヲ為サントスルノ謂ナリ従テ通常ノ場合ハ多数ナルヘキモ員数ノ如何ヲ問ハス二人ニテモ可ナルヘシ又例ヘハ数人実在スルモ其ノ間意思ノ共通ナキトキハ党与ニアラス。

『馬淵三千代（元陸軍軍曹）にかかる遺族年金および同弔慰金の請求は、その死亡事由が遺族援護法に該当すると認められないから却下する』

——私などより詳しくご存じのように、馬淵軍曹の遺族に対する援護は却下され、未亡人のアキさんが不服申立書を出してから十五年も経つと聞きました。遺族援護法は、その後いわゆる軍人恩給の復活で恩給法に振替えられ、刑期が二年以下で戦後恩赦に浴した者あるいはその遺族は、恩給をうけられるようになりました。遺族なら扶助料をもらえるわけです。もちろん、処刑された者の遺族にはその資格がありませんが、馬淵軍曹の場合は、厚生省に保管されている戦没者連名簿に「昭和二十年八月十日、バースランド島ブマイにおいて敵前党与逃亡罪により死刑」と記載されているだけで、有罪を証明する判決書などの書類がない。私はつい最近アキ未亡人の手紙でこのことを知り、かつての戦友や上官の力添えにも拘らず、不服申立書が放置されていることも知りました。申し遅れましたけれど、これは私が戦友会の世話役みたいなことをしている関係で馬淵軍曹の消息を尋ねた結果わかったのです。私自身はずっと北支にいたので、南方で苦労された方々については殆ど知らずにいました。

とにかく、そのようなわけで私も馬淵軍曹のことが気にかかり、厚生省の係官にも事情を伺いました。ところが、厚生省は全く放置していたわけではないようですが、馬淵軍曹の死が処刑によるものではないという積極的な証拠がない以上、部隊で作成した連名簿の記載を信じるほかなく、したがって遺族を救済する道がないという返事でした。そんなことを言うなら、逆に、処刑を証明する判決書がないほうがおかしいのではないかと言っても通用しません。厚生省側の調査によると、軍法会議で判決を受けたなら、バースランド島における判決書類は当時の復員裁判所へ引継がれ、さらに地方検察庁が引継いで保管されているはずだというのですが、地検の判決書綴には馬淵軍曹の判決書が見当らないし、法令によって当然前科通知がなされているはずの本籍地の検察庁や、市役所の犯罪人名簿にも登載されていない。それでもやはり、連名簿に処刑されたと書いてある以上已むを得ないというのです。しかし、真相はいったいどうなのでしょう。馬淵軍曹は本当に処刑されたのでしょうか。馬淵軍曹の処刑は三十一歳のときですが、アキさんはもう五十歳です。結婚後わずか二ヵ月たらずで夫を召集され、そのとき妊娠していた娘に今では子供もいます。遺族としては扶助料のことなどより、もし連名簿の記載が何かの誤りなら、その汚名を晴らしたい一心のようです。敗戦後二十四年あまり経っても、逃亡で処刑されたなんていうのは人聞きのいい話じゃありません。遺族の方たちは、未だに肩身の狭い思いをしているそうです。遅ればせながら、私も馬淵軍曹のことが気にかかってなりません。差出がましいようで恐縮ですが、当時の様子をお聞かせ頂けたらと思って伺いました。

寺島継夫氏（もと陸軍軍曹）

――わたしは六中隊ただ一人の生残りで、馬淵さんとは最後まで生死をともにした仲です。だから、馬淵さんについてはわたしがいちばん知っているつもりですし、わたしの言うことに間違いはありません。馬淵さんは戦死です。敵陣に斬込んで立派に戦死しました。戦死前後の模様は厚生省の係官にも話しましたが、逃亡で処刑されたなんてとんでもありません。

初めからお話しますと、わたしが入営したのは昭和十四年の末です。まだ私立大学の学生で徴兵延期になっていましたが、学校が面白くなかったし、どうせ軍隊にとられることは分っていたので、早いうちに兵役を済ませてしまおうという気持で学校を中退して入営したのです。当時のわたしは画家になるつもりでした。ところが、現役で中支へひっぱられ、昭和十七年の末にようやく除隊になったと思ったら、今度は即日現地召集です。内地へ還れると思って土産まで買込んでいた連中は、みんながっかりして不平たらたらでした。

上海で部隊の編成替えが行われ、わたしが馬淵さんと一緒になったのはそのときからですが、彼も帰還できるつもりで上海にきた兵隊の一人で、揚子江で敵前上陸の演習をやらされたあと、二週間は自由気ままな行動を許されました。自由気ままといっても兵営内に限られ、かりに外へ出たところで大したことをやれるわけじゃありません。食うか飲むか女を買うか、命と引換えの二週間に、人間の欲望のわびしさをしみじみ知らされました。全く情ないような悲しいような、わたしは酒が飲めないので、饅頭を食い過ぎて腹をこわし、馬淵さんは毎晩酔っていました。

上海を出航したのが十二月十九日か二十日です。八千トンくらいの貨物船で、兵隊は蚕棚（かいこだな）のような船室に押込められ、支那人の捕虜や苦力（クーリー）がいちばん船底でした。そして十八年の元日パラオに寄港、翌二日トラック島で戦艦大和、武蔵など百隻以上の船を見たときは、連合艦隊の健在を知って「万歳」を叫んだ奴がいたほどです。それまでは、みんな南方へ送られたら生きて還れないという噂ばかりだったし、わたしも、これなら戦争に勝てるのではないかと思ったくらいです。しかし、わたしたち下級の兵隊は何も知らされていませんでしたが、上陸予定地ガダルカナル島の日本軍はすでに潰滅状態で、戦況は完全に逆転していたのです。米軍の潜水艦とB24の攻撃をうけたのは、赤道を通過した日の夕方でした。こっちは貨物船だから戦いようがありません。たちまち船が傾いて、われ勝ちに海へ飛び込みました。海面に流れた重油に火がうつり、焼け死んだ兵隊がかなりいます。

船底にいた苦力たちは逃げる暇がなかったようです。しかしわたしなどは幸いでした。バースランド島の近くだったので、友軍の駆逐艦に救助された者もいましたが、わたしは辛うじてバースランド島に泳ぎつきました。このとき、三隻の貨物船に約千五百名の将兵が乗っていましたが、三百人くらいが上陸できないで死にました。

　バースランドは珊瑚礁に囲まれた活火山島です。面積は四国の半分くらいでしょうか。三千メートルを越える嶮しい山もありますが、海岸線の砂地のほかは、湿地帯を含めて殆どジャングルです。海軍の警備隊と、陸軍の守備隊も二個連隊先着していました。間もなく軍司令部も師団司令部も移ってきてブマイという部落に本部を置きましたが、わたしたちの連隊本部はパシャという所で、ブマイから八十キロ離れています。沈没した貨物船から脱出してきた連中ばかりですから、むろんろくな装備はありません。上陸後、曲りなりにも武器を支給されましたが、近くの島から撤退してきた兵隊も相当数加わり、上海で寄せ集めの編成をしたときよりもっと複雑で、あまり統制のとれた連隊ではなかったと思います。でも、それはほかの連隊も大同小異でした。朝方と日没時に必ずやってくる米軍の艦砲射撃や空爆で、一年足らずのうちにかなりの兵隊がやられました。敵弾に斃れた者よりアメーバ赤痢やマラリアにやられた者のほうが多く、熱帯潰瘍や栄養失調で死ぬ者もふえる一方でしたが、それでも、沖合で派手にやっている空中戦を眺めていられるうちは、わたしたちもまだ戦う気力があったし、勝たねばならないとも思っていました。ラバウルには二十万人の兵士が、四年間食っていける食糧があるなんて聞いていたせいもあります。

ところが、頼みの連合艦隊はどこへ行ってしまったのか、昭和十九年に入ると友軍の飛行機が一機も姿を見せなくなった。補給も全部跡絶えて、とにかく自活して島を守れという命令です。何を言ってやがるんだ――、わたしは初めて反撥を感じました。今さら自活しろと言われなくても、前線はとうに自活していたんです。それも満足に食っていたわけじゃありません。こんなふうにお話しているときりがないので、馬淵さんの戦死に直接関係のない話はとばしますが、三月の八日と二十四日の総攻撃に失敗したあとは、食物を求めて連隊本部までつねに移動し、ジャングルの中をさまよっていたというのが前線の実情です。服はボロボロ、ひげは伸び放題、頰は痩せこけて、もし顔がむくみ腹や足までむくみだしたら、そいつは栄養失調で死ぬ寸前です。それに、赤痢やマラリアについてはご存じでしょうが、南方でいちばん怖いのは熱帯潰瘍でした。ちょっとした傷がもとで高熱を発し、傷口が筋子の表面のようにブツブツに広がり、それが白くどろどろになったときは骨に達しています。だから搔き傷程度でも用心して、すぐに周囲の肉ごと抉り取らないと、大体二、三ヵ月で死にます。また話がそれましたけれど、連隊には連隊砲が十二門、大隊砲も十二門ありました。しかし撃針が折れたりして一門も使えません。重機関銃四十八挺のうち使えるのは一挺だけという有様です。これでは戦えるはずがないでしょう。六中隊を例にとっても、百五十人くらいいたのが四十人そこそこに減って、そのうち十人が病気で十五人が守備につき、残りの兵隊が食糧を探しに行くという状態だった。ですから最初に斬込みと言いましたが、優秀な重火器と弾薬のあり余っている米軍に対し、まともな斬込みなどできるわけがない。初めの頃は敵の飛行場や弾薬庫を爆破させる目的で斬込んだが、おしまい頃はもっぱら食糧欲しさです。何しろこっちは腹ぺこだし、敵さんは夜になると電気をつけてラジオの音楽なんか聞いている。双方の距離はせいぜい数百メートルしか離れていないが、日本の兵隊の勇敢さに較べたらアメリカ兵は問題にならないほど臆病で、そう簡単には攻めてこない。奴らが本気で攻めてくるときは、まず盲滅法の爆撃をしたあと、次ぎに戦車がきて、日本兵がいないことを確かめてから火焔放射器の火を吹いてやってくる。そこで、こっちは敵の警戒の手薄な所を狙って食糧をふんだくってくるのです。先手を打てば必ずと言っていいほど成功しました。しかし一度斬込みをやると、その後の報復爆撃が物凄いので、いくら空腹でもちょいちょいやるわけにはいきません。月に一度か、多くても二度でした。そして失敗した場合は、これも必ずと言っていいほど帰隊できなかった。全員戦死です。斬込みに行って捕虜になった者はいないはずです。手を挙げたり白い布切れを振ったりしても、敵のほうが怖がっていますからね、日本兵を見たらすぐに撃ってきます。そういう例をいくつか聞きましたが、馬淵さんの場合は立派な戦死です。間違いありません。斬込みの正確な日附は憶えていませんが、敗戦間近い頃で、五人の軍曹が行ったきり帰隊しなかった。五人とも軍曹というのは、北支や中支から転戦してきた古兵ばかりで、現役の若い兵隊は一人もいなかったからです。敵は至る所に有線マイクを隠していたので、斬込む前に勘づかれ、たぶん迎え撃ちにやられたのでしょう。失敗した例も少くありませんでした。あと僅かで終戦というときに、気の毒でなりません。もっとも終戦になってから病気で死んだ者もかなりいたし、内地に還る船の中で死んだ者もいます。とにかく戦後二十四年以上経って、今では六中隊の生残りがわたしだけになりました。中隊長だった川村さんが健在のようですが、川村さんは敗戦後の中隊長だから別です。当時の中隊長は戦死しました。

——すると、馬淵軍曹は斬込みに行ったきり帰らなかったという話ですが、あなたは馬淵軍曹の遺体を見たわけではないのですね。

——見なくても、ほかに考えられません。

——斬込みに行く途中で気が変り、逃亡したということは考えられませんか。

——考えられませんね。斬込みは志願した者が行くことになっていたのです。空腹のため争って志願したほどですが、かりに逃亡したとしたら、もっとひどい飢餓状態に追いやられ、やはり死んでいたでしょう。馬淵さんは勇敢なひとでした。ほかの下士官の名前は憶えていませんが、一緒に斬込みに行った戦友も帰隊しなかったはずです。

——連名簿では共犯かどうか分りませんが、馬淵さんと同じ日に田丸という軍曹も処刑されています。

――田丸軍曹については記憶がありません。何しろ戦死や病死で中隊長もつぎつぎに替り、途中でガダルカナルやムンダ島などからきた下士官が編入されたりでみんな馴染が薄く、馬淵さんのことは上海から一緒だったので特に憶えていたんです。わたしのような神経質ではなく、度胸がよくて、土民の部落へも平気で出入りしていました。

――土民の部落へ身を隠していて、憲兵に見つかったということは考えられないでしょうか。

――やはり考えられません。バースランド島にはカナカ族の土民が約四万人いると聞いていました。日本軍は陸海合せて当初約三万五千ですから、それより多かったわけです。海岸近くの土民は多少ひらけていて、華僑がたまに椰子の実などと物々交換にきていたせいらしいのですが、男も女も短い腰巻みたいな物をつけていました。山岳部では、女は三角形の葉っぱで局部の辺を隠す程度、男は全裸です。肌の色は本当に真っ黒で、アメリカン・ニグロの黒さなど比較になりません。全身に入墨をしていますが、黒い肌に黒一色の入墨ですから、余計穢く見えるだけで模様などは分らない。ちぢれっ毛で、唇が分厚く、ひどいガニ股です。鼻に動物の牙を刺したり、祭りの日は貝殻で頭を飾ったりしていました。女の乳房はヘチマみたいにだらんと垂れて、肩にまわして背中の赤ん坊に乳を飲ませられるほどでしたが、何しろ椰子油を塗るせいか猛烈に臭いので、いくら相手が女と分っていても、おかしな気を起こした兵隊はいなかったようです。鼻をつまんでも、眼から沁みこんでくるような臭さです。土民の女と寝たという兵隊もいましたが、嘘だったと思います。土民は数十人くらいの単位で十五、六戸のニッパ・ハウスに住み、各家には鰐や野豚や人間の髑髏を飾っていました。人間の髑髏は部族間の戦利品で、彼らには頭蓋骨崇拝があったようです。人食い人種ではありません。彼らは子供が生まれると、まず椰子を植えます。椰子の葉は一ヵ月に一枚ずつ殖えるので、その枚数で年齢を数えると聞きました。十二、三歳になれば大人扱いで、長老と呼ばれるクラスが四十五歳くらい、酋長は長老より若いのですが、大体四十歳くらいで歯がなくなるので、ずいぶん年とった感じでした。呪術師みたいなのも偉そうにしていましたが、部落のまわりを二十メートルから三十メートルもある椰子で囲い、畑でさつま芋やタロ芋、バナナ、タピオカ、パパイヤなどを作っていました。タロ芋は十ヵ月くらいで大きく育ち、臼で搗くと餅のようにねばり、椰子の葉を敷いて焼いて食べます。火種は、木と木を根気よくこすって、焦げてきた木の粉に息を吹っかけるという原始的な方法ですが、わたしたちもこの方法で火を起こしました。ほかに人間の腕より太く実る野菜バナナというのがあって、これも煮たり焼いたりして食べました。

　しかし、こんな具合に土民の生活を知り、土民との仲が割合うまくいっていたのは、日本軍に物資の余裕がある間だけでした。食い物がなくなると、兵隊は土民の畑を荒らすようになったのです。兵隊は何でも食べました。ジャングルの中で半年も過ごせば、食える物と食えない物の区別は自然に分ります。喉を通りそうな物なら、ほんとうに何でも食いました。草の葉はもとより、トカゲ、蛇、ミミズ、鼠、蜘蛛、栄養などなくても口に入りさえすればいいのです。もちろん部隊で畑をつくろうとしたことも何度となくありますが、作物ができないうちに攻撃されて移動を余儀なくされ、だから斬込みをやったり、土民の畑も荒らさざるを得なくなったのです。畑を荒らされた土民は、もはや日本軍の味方ではありません。おとなしかったはずの彼らが、最も獰猛な敵に一変しました。それ以後、食い物を探しに行った兵隊で、彼らに惨殺された例は珍しくありません。ある小隊は窪地で憩んでいたらしいのですが、彼らに襲われて全滅しました。その残忍な殺し方は、あとで現場を見に行った兵隊によると、鼻を削（そ）がれ耳を落とされ眼玉を抉られ、思わず鳥肌が立って声もでなかったそうです。わたしもある中隊長の遺体を収容に行ったことがありますが、やはり全身滅多斬りで、高い樹の上に藤蔓で巻上げられていました。アメリカ兵なら、あんな酷い殺し方をしません。土民がいかに日本軍を憎んでいたかという証拠ですが、彼らは蛮刀や槍のほかに日本兵から奪った武器を持っていました。そんな恐ろしい土民の部落へ、一時的にもせよ馬淵さんが身を隠したとは到底考えられません。

――それでは、なぜ連名簿に処刑されたなんて書かれたのでしょう。

――何かの間違いだと思います。

――例えばどのような間違いですか。

——ごく事務的なミスじゃないでしょうか。戦没者連名簿というのは敗戦後、内地へ還る船の中で作成されたように聞いています。ですからそのとき、ほかの誰かと間違えて記入されたのかもしれない。その間の事情については、大隊長は敗戦後間もなく病死しましたが、当時の連隊長だった吉野さんが郷里の山形県で製材工場をしているそうですから、尋ねてみたら如何でしょう。わたしは馬淵さんは戦死したと信じています。

吉野正八氏（もと陸軍中佐、連隊長）

『〔返信、前文省略〕馬淵軍曹の件に関しては、十年ほど前に厚生省から照会があって初めて知りましたが、自分の連隊にそのようなことがあったとは全く寝耳に水でした。もちろん、そのような事実を聞いたこともありません。本人の中隊長だった川村中尉が現在は浜松にいますから、そちらへ聞いてみたら如何かと存じます。川村氏は県庁を退職して、自適の生活を送っているはずです。米軍が昭和十八年十一月カロミラ岬に上陸して以来、日本軍は連日果敢な攻撃を加えましたが、弾薬食糧の補給がないため如何（どう）にもなりません。師団司令部は各隊の警備区域を指定するのみで、各隊は現地自活の態勢をとって後図をはかるほかない状況でした。

しかし各隊は、時に指定警備区域を遠く離れても甘藷作りをしなければ餓死を免れぬ事態に陥ったことも少くありません。栄養失調と悪性マラリアなどで兵士は相次いで死亡し、そのため、食糧収集に行って敵機や土民に襲撃された者、あるいはジャングル内の帰路に迷ったまま病死したか、とにかく行方不明者が続出し、これらの者が内地帰還に際しさまざまな形で事務処理をされたので、馬淵軍曹の場合も、その際の手違いによるのではないかと考えられます。また、軍の機密に属する書類などは、敵手に渡ることを惧れてすべて焼却したはずで、したがって、もし軍法の処刑に関する書類があるというなら、終戦後の事務処理上の誤りでしょう。

小生は馬淵軍曹を憶えていませんが、いずれにせよ、馬淵軍曹の死亡については書類がないのが当然で、連名簿に処刑事項が記載されていること自体が不審です。何か小生の力でお役に立つことがあればとも考えますが、もはや戦後二十四年余、調査方法はないのではないでしょうか。本件はすでに適切な解決がなされたと思っておりましたので、馬淵軍曹の御遺族に対しては衷心より御同情に耐えず、今後ともその解決に有効な手段が見出されるなら、小生とて微力を惜しむものではありません。〔後文省略〕』

川村郁郎氏（もと陸軍中尉、中隊長）

——馬淵軍曹の死没については、さまざまな疑問が残っています。わたしは終戦後の九月七日に第三大隊の生存者で編成した新しい第六中隊の中隊長になったので、馬淵軍曹が処刑されたという八月十日はまだ通信中隊の中隊長でした。だから馬淵軍曹の顔も思い浮かばないのですが、順を追って話しますと、わたしは応召で中支に従軍しました。そして、バースランド島に転進したのが昭和十八年正月です。上海を出航するときはガダルカナルに逆上陸する予定でしたが、ガダルカナルの戦況が悪化したので作戦が変更されたのです。ところが、途中潜水艦の攻撃をうけて船団の大半が撃沈され、わたしが乗っていた船も同様で二十時間も泳ぎつづけ、もう駄目かと思ったときに危く救助されてバ島に上陸しました。鮫に食われた兵士もいたそうですが、わたしは体力の限界すれすれというところで救われたのです。もっとも、あとで考えれば、海に漂っていた間の苦しみはこの世の地獄の始まりでした。無事にバ島に到着できた船は僅か二隻、そんな状態ですから、各船に積載していた食糧や弾薬が海に沈んでしまったため、腹がへってもどうにもなりません。先着部隊は自分たちの食糧を確保するのが精いっぱいらしく、それでも米軍がカロミラ岬に上陸してくるまでは多少補給があったし、戦闘といっても空と海から爆撃されるだけでしたが、敵の上陸後は補給が絶え、さらに連日にわたる攻撃命令です。戦死者が続出し、赤痢やマラリア、栄養失調などで死ぬ者も日ごとに殖え、そうなると、理性が通用する世界ではありません。もはや軍隊とも言えないでしょう。病気で苦しんでいる戦友の手から、一握りの芋を奪い合うのです。頭がおかしくなって、夢遊病者のように隊を離れ、それっきり帰らない者もかなりいました。

しかし、馬淵軍曹の場合は真相が分りません。最前申し上げたように、わたしは終戦後の中隊長ですが、六中隊の中隊長になって間もない頃、憲兵隊から馬淵軍曹を処刑した旨の書類を受けたと記憶しています。ただ、何しろ二十四年以上も前のことで、その記憶に確信がないのです。党与逃亡なら共犯が当然いたはずでしょうが、果して共犯者は誰で何人いたのか、判決文を読んだ憶えはありません。馬淵軍曹は三千代という女みたいな名前なので、その名前が憲兵隊からきた書類にあったことだけは憶えています。しかしこの点も、念を押されますと、やはり明確にお答えできる自信はありません。というのも、連隊の戦没者連名簿は内地に復員する際、連隊簿在籍者と実際に復員する者との差について事務上の整理をしただけのことで、その事務は部下の西山曹長に任せ、わたしの印鑑も西山曹長に預けていたからです。これは決して責任逃れに言うのではありません。わたしに全く関係のない中隊の死亡者でも、そのときの責任者が戦死していれば全部わたしの印を押したわけです。あくまでも事務手続きのためで、当時は恩給とか扶助料などという問題が起こるとは考えられなかったし、憲兵隊の通報書類がなければ、親兄弟や妻子のことを考えても処刑されたなんて明記できません。戦死、病死、自決という具合に、死没理由の分っている者はむろんその通りに記載し、理由の分らない行方不明者に対しても、本人の名誉を思って戦死としたはずです。わたしは西山曹長にそう聞きました。

　しかし、どのような弁解をしたところで、馬淵軍曹の御遺族に迷惑をかけている責任はわたしにあります。もし誤りなら、馬淵軍曹の英霊に対しても申し訳ありません。この問題が起こって以来、わたしはどれほど悩み苦しんだか知れません。西山さんと連絡をとり、同じ連隊にいた生存者を探しだしては照会の手紙を書いて、馬淵軍曹の最期を知ろうと努めました。西山さんは昭和二十年六月に負傷して八月二十日頃まで野戦病院にいたので、馬淵軍曹が処刑されたという前後の様子を知りません。生存者の話を参考に、あとは書類によって残務整理をしたのです。それで西山さんも責任を痛感され、わたし以上に熱心に真相を究明しようとしていました。事実、刑死なら已むを得なかったと言えましょうが、いざ戦後相当の期間が経って調査するとなったとき、憲兵隊から通報された書類がどこにも見当りません。判決書もありません。つまり処刑された証拠は一片の戦没者連名簿だけで、その事実がはっきりしないまま、馬淵軍曹は逃亡兵の汚名を着せられて靖国神社に合祀されず、遺家族は扶助料も貰えないで肩身の狭い思いをしている。わたしとしては、西山さんの気持も同じだったでしょうが、事務上の間違いという理由では済まされません。多くの人に問合わせた結果を綜合してみますと、これは他の部隊でかなりあった例ですが、離隊後栄養失調などで死んだ者が発見された場合、憲兵隊へ知らせがいって、調査の結果、身元が判明する、そこで馬淵さんもそれに似た状況で遺体が見つかって憲兵隊から所属部隊へ死亡したという通報がいき、それが口から口へ伝わるうちに、憲兵隊の通報があったのだから処刑されたのではないかという噂になり、それがさらに本当に処刑されたのだという断定的な噂になって、復員処理の書類にも表れるようになったのではないかという結論です。ほかに妥当な結論は考えられません。

しかし、問題の責任は依然わたしに残されています。そのような場合でも、他の部隊ではみんな病死として処理され、遺家族は扶助料を受けています。わたしの責任で扱った者だけが、単に連名簿に処刑と記載されたため不当に扱われている。わたしは再三上京して厚生省に陳情しました。しかし無駄でした。ブーゲンビル島でも同じような例があるそうですが、とにかく処刑による死亡ではないという積極的な証拠がなければ駄目だというのです。たとえ逃亡罪で処刑されたことが事実としても、バースランド島のような悲惨な戦場では已むを得なかったではないか、逃亡罪そのものはとうに恩赦になっているし、もう帳消しにしてやっていいではないか、わたしはそう考えます。まして馬淵軍曹は好きで戦争に行ったわけじゃない、国のために葉書一枚で駆り出された出征兵士です。新婚の妻とたった二ヵ月で切離され、五年間も戦塵の中で暮らし、そして、戦地で死んだことは事実です。しかし厚生省のえらい役人はそう考えてくれません。

わたしはもう生きているのが厭になりました。出征以来部下を八百人近く死なせています。それらの兵隊の顔が、あるいは魂が、いつだってわたしの頭にこびりついています。みんな死んで、わたしだけが生残ったようです。大げさに聞えるでしょうが、わたしは苦しくて、何度死にたいと思ったか知りません。なぜわたしだけ生残ったのか、戦後の二十四年間はこの誰も答えてくれない問いを呟きつづけ、もうすっかり疲れました。

——田丸軍曹を憶えておられますか。同じ中隊だったかどうか分りませんが、連隊は同じで、馬淵軍曹と同じ日に処刑されています。やはり判決書はありません。

——憶えていません。厚生省へ行ったとき名前を聞きましたが、全然憶えがありません。

——もと軍曹で、六中隊にいた寺島さんをご存じですか。

——一度お会いして、その後も二、三度文通しました。

——寺島さんの話によると、馬淵軍曹は斬込みに行って戦死したそうです。

——そうかもしれないし、そうじゃないかもしれない。実際に最期を見た者はいないのです。

——西山さんはどうなさっておられますか。

——亡くなりました。やがて一周忌ですが、大分前から肝臓が悪かったのです。

——ほかに、馬淵さんについて詳しい人がいたら教えてください。

——詳しいとは言えないでしょうが、西山さんの葬式のとき、連隊本部書記をしていた秋庭さんに会いました。現在は横浜でネジを作る工場をやっているそうです。

秋庭友孝氏（もと陸軍伍長、連隊本部書記）

――西山さんとわたしは同じ村の出身なので、戦後も文通をつづけ、二年か三年に一度くらいは帰郷するときなど途中の駅で待合わせ、同じ列車で帰ったりしていました。だから馬淵軍曹のことについては、西山さんに聞いていたし、ほかの人の話も聞いてわたしなりに考えたことがあります。

わたしは馬淵さんを憶えています。うろ憶えですが、顔が角張って眼の細い、割合体格のいい人だったと思います。その程度の印象しかありません。わたしは馬淵さんたちより一年ほど遅れて、ラバウルからバースランドへ転属したのが昭和十八年の暮でした。上陸した途端に烈しい戦闘の連続で、最初の連隊長は陸大出だったそうですが、怖気づいて逃げたのが分り、軍法会議にかけられて階級を剝奪されたと聞きました。野戦の経験がなくて、いきなりバースランドのような所へ送り込まれたら怖気づくのも無理はありません。

激戦といっても、日本軍は腹ぺこで重火器もろくにない有様なのに、米軍の方は空からも海からもスコールみたいに撃ちまくってくる。日本軍が勝つのはゲリラ的に戦うときだけで、到底敵うわけがありません。わたしが転属したときの大隊長は三日後に戦死しましたが、戦闘が烈しくて遺体の収容もできないほどでした。そんなひどい戦いの合間に、ジャングルを切拓いて軍司令部のあるブマイへ道路を作れなんて命令を寄越すのだから全く無茶です。後方でのんびりしている軍の幹部連中には、前線の苦労がまるっきり分っていない。わたしは命令受領などのため師団司令部へ行く機会がたまにありました。すると、後方の部隊は農園をこしらえて、さつま芋やタロ芋や、内地と同じような野菜までつくっている。ところが、前線では草の根をかじり、空腹のあまり土民の畑へ忍び込んで殺されたりしていたんです。さつま芋は三ヵ月経てば小指くらいになるのに、兵隊はそれまで待てないで、葉っぱだけのうちに蔓まで食ってしまう。最前線なので同じ所に三ヵ月もいられないという事情もありましたが、とにかく自分たちの連隊はつねに移動し、したがって他の連隊のように固有の農園を持てなかったことが馬淵さんのような事件を起こした原因だと思います。

斬込みで戦死したというのは、おそらく戦友をかばっているのでしょう。憲兵隊の通報を誤認したという説も頷けません。わたしの考えでは、馬淵さんは他の連隊の者に殺されたのです。これは単なる想像ではありません。断定はできませんが、珍しい出来事ではなかったのです。

善意に考えて、馬淵さんが隊を離れたのは逃亡ではなく、食糧探しに行ったのでしょう。田丸軍曹が同じ日に処刑となっているし、罪名が党与逃亡とされている以上、同行した者がほかにもいたに違いない。実際、一人でジャングルに入ることは土民の襲撃が危険だったし、何人かいっしょに行動したと考えたほうが自然です。

しかし、前線に近い所では食糧があさり尽くされていた。食糧を求めて歩くうちに、いつしか後方の部隊の農園にでたということも自然のこととして考えられる。眼の前の畑にあるタロ芋や野菜などを見たら、おとなしく引返せと言うほうが無理です。生死の瀬戸際で飢えきっているわけですから、つい盗みたくなる。そうでなくても、強盗まがいの行為は友軍間でもあちこちに頻発していた。豊かな農園を見て、おれたちは前線で苦労しているのに後方の奴らは楽をしていやがって、と憤慨しても当り前でしょう。馬淵さんたちは、思わず農園に入って芋を盗もうとした。しかしそのとき、その部隊の者に見つかってしまったのではないでしょうか。そういう場合、前線では友軍のために腹ぺこで頑張っているなどと言っても通用しません。食糧に関しては、自分の隊以外の者は全部敵です。同じ隊の戦友同士でも、状況が窮迫すればやはり命懸けで食糧を争います。一片の芋に、文字通り命がかかっていたんです。

見つかった馬淵さんは即座に射殺されたか、逮捕された上で憲兵隊に引渡され、逃亡とみなされて処刑されたのか、その最後の点まではわたしも想像を差控えます。処刑されたのが馬淵さんと田丸軍曹の二人だけというのは、ほかの下士官は農園に辿りつく前に病気で死んだかもしれないし、斬込みに行く途中、その二人だけが逃亡してジャングルをさまよっていたのかもしれない。あるいはその二人以外の共犯は、死刑ではなく懲役をくったということも考えられるでしょう。

――判決書がない点をどう思われますか。

——そうですね。軍法会議を開かないで処刑したのかもしれない。

——しかし、軍法会議を開かずに、憲兵が勝手に処刑することができますか。

——よく知りませんが、異常な場合だから、できたんじゃないでしょうか。わたしの考えでは他の部隊の者が射殺し、あとで憲兵隊に事情を説明して、諒解を得たのではないかと思います。戦争末期は、いちいち軍法会議をひらかなかったということも聞いています。憲兵隊への説明は、いくらでも理由をデッチあげられたでしょう。わたしは、判決書もないまま戦没者連名簿に処刑と書かれたわけを、ほかには考えられません。本人にも遺族にも気の毒ですが、そうとしか考えられない。わたしはバースランドにおいて、餓鬼道に落ちた人間をあまりにも多く見てしまいました。そしてわたし自身も、その仲間だったのです。


飛行機気ちがいの下士官がいました。そいつは三月十日の陸軍記念日に、地上部隊の総攻撃に呼応して友軍の航空部隊もいっせいに敵陣を攻撃するという情報を信じて、わたしなどもその情報を信じて総攻撃に加わったのですが、九日の深夜から十日の未明にかけて敵の飛行場を占拠しました。ところが、いくら待っても友軍機が現れない。そのうち敵が反撃にでてきて、そうなったら戦力の差が格段に違います。こっちは奇襲攻撃に成功したものの、ろくな武器もなければ弾薬もない。たちまち形勢逆転です。退却するほかありません。命からがら退却しました。名前は忘れましたが、その下士官が狂ったのは退却して間もなくです。川っぷちの砂で寿司を握る真似をして、「遠慮しないで腹いっぱい食えよ。みんな順番につくってやるからな。もう少し辛抱すれば、必ず友軍機がくる」そんなことを言ってわたしにも砂の寿司をくれました。むろん真顔です。そいつは寿司屋の職人だったんです。しかし、友軍の航空部隊は影も見えません。「よし——」彼は深刻な表情で言いました。「ラバウルの航空隊は当てにならん。おれは内地へ行って、直ちに飛行機を出動するように命令してくる」彼はそう言って、鰐のいる川の中へ入って行きました。彼をとめようとした者は一人もいません。川に沈んで流されてゆく彼を、みんな黙って眺めていました。わたし自身、ぼんやり眺めていたような気がします。そのときいったい何を考えていたのか、何も考えなかったはずはないと思いますが、全く憶えがありません。暑くて、太陽がカンカン照って、川の水がギラギラ光っていました……。

鶴谷繁男氏（もと陸軍中尉、軍法会議裁判官）

『拝復。早速ですが、お尋ねの件については記憶がありません。私は師団の情報将校として、軍法会議の判士を兼務しておりました。しかし、当時のバースランド島は連日敵の攻撃下にあり、戦力不足のため悲惨な戦闘を余儀なくされ、特に食糧の欠乏はその極に達し、各部隊は食糧の獲得に狂奔して日々の露命を繋ぐに精いっぱいの有様でしたから、逃亡とみなされる如き事実がままあったとしても、そのために処刑された者は一人もいなかったはずです。馬淵三千代という名前は聞いたことがありません。終戦後復員に至る間は、ジャングルなどに逃避していた者を相当数軍法会議にかけましたが、むろん終戦後ですから死刑は一人もなく、一律に禁錮三ヵ月を言渡したと記憶しています。馬淵軍曹処刑云々というのは、何かの手違いとしか考えられません。〔以下省略〕』

土井義建氏（もと陸軍中佐、軍法会議裁判長）

『拝復、御照会の件については記憶がありません。類似の事実があったという記憶もありません。馬淵三千代という名前にも心当りがありません。小生は昭和十七年からバ島において軍法会議に関与しましたが、海軍は別として、陸軍では一人も死刑を執行された者はいないはずです。まして二十年八月十日といえば終戦直前であり、そのような事実があったなら強く印象に残っていなければならない。小生は軍の副官として人事方面も担当していたので、些細なことでも耳に入っていました。軍の高級副官が、苛烈な戦闘下にあった終戦直前に、しかも下士官を軍法会議にかけて処刑し、それを知らなかったなどということはあり得ません。さまざまな状況を考えてかりに一歩譲っても、そのような事実を小生に隠すことは不可能です。したがって馬淵軍曹の処刑云々は事実無根であり、判決書がないというのもまた当然であります。〔以下省略〕』

望月要介氏（もと陸軍法務大尉、軍法会議裁判官）

『〔返信、前文省略〕私は昭和十九年七月から九月まで法務官として服務したが、病気のため後送されたので、その後のことは知りません。馬淵という名前も憶えていません。しかし、私が在任した僅かな期間でも、逃亡兵が多かったことは事実です。バースランド島の日本軍は、初めガダルカナルでやられた兵隊を夜間潜水艦で運んできて急編成した部隊で、ぼろぼろのシャツに跣（はだし）で丸腰といった者ばかりで、名簿を調べなければどこの兵隊か分らないような者の寄集めだったそうです。だから一般の部隊のような兵隊同士の親近感を欠き、統制もとれていなかったようです。しかも、ろくに作物も出来ない島へ多勢の日本軍が上陸したわけで、戦闘より食糧を確保するほうが先という有様でした。そのため、食糧を探しに出ても今度はジャングルに迷い込んで部隊に戻るのが容易ではなく、どうにか戻れたと思ったら部隊の方が移動してしまっていて、どこへ行けばいいのか分らないという離隊者も少くなかったのです。

しかしそういう兵隊に対しても、離隊者がますます殖える傾向を懸念したためでしょうが、軍司令官はいかなる理由があろうと容赦なく逃亡罪で極刑に処すという布告をだしていました。したがって、ある者が隊を離れたきり戻らなければ、これを所属部隊の側から見た場合、逃亡罪で処刑されたのではないかと考えても不自然ではありません。そして、その考えが復員事務処理の際、戦没者連名簿に処刑と記載された原因ではないでしょうか。とにかく私は在任中のことしか話せないので、裁判長をされていた土井さんも憶えがないというなら、検察官だった横常さんに聞けば分るかもしれません。私などより詳しいはずで、東京で建築関係の仕事をしていると聞いたことがあります。ほかに軍法会議の構成員が誰だったか憶えていません。法務官は私一人で、他の裁判官はみんな兵科の将校でした。軍法会議の長官は軍司令官です。〔以下省略〕』

横常洸二氏（もと陸軍大尉、軍法会議検察官）

——馬淵軍曹についても田丸軍曹についても全く憶えがありません。判決書がないのに、処刑されたというのもおかしな話です。死刑の判決があったなら、まず第一にわたしが知らなければならない。実際に死刑執行にあたるのは憲兵隊長をかねていた囚禁所長ですが、執行指揮官はわたしでした。裁判長だった土井さんが一人も死刑を言渡した憶えがないというのも妙です。おそらく忘れるはずはないので、思い出したくないのでしょう。わたしだって思い出したくありません。死刑になった者の名前はもう憶えていないが、何人かの顔は脳裡に焼きついています。

バースランドにおける事件発生の状況は、今思っても言語を絶していた。ガダルカナルの悲惨な戦場から裸同様の姿で撤退してきた者と、中支からきた部隊も途中で船を撃沈されやはり着のみ着のままのような兵隊だった。軍隊などと呼べる集団じゃありません。食う物がないから、友軍同士の間でさえ強窃盗が日常茶飯事のように行われ、そのための射殺事件も少くなかった。逃亡兵も続出するし、憲兵が足りないので、事件が発生したと分ってもその全部を軍法会議に送致させるわけにゆかず、とにかく戦争の末期はどうにも手のつけようがなかったというのが実情です。だから、終戦直前の頃は全然軍法会議をひらいていない。その点から見ても、馬淵さんら二名の軍曹が処刑されたというのははっきり何かの間違いだと言える。わたしは十八年五月に軍法会議の検察官を命ぜられ、二十一年三月に復員するまで服務し、内地に帰還後は刑期の残っていた者を大村刑務所へ引渡して、軍法会議の訴訟記録なども当時の復員裁判所に引継いでから復員した。最後まで職務を果したつもりです。

――馬淵軍曹の場合、軍法会議を経ないで処刑されたということは考えられませんか。

――考えるのは簡単だが、考えるだけじゃ仕様がないでしょう。

――いえ、伺わせてください。

――それは考えられますよ。いくらでも考えられる。軍の上層部としては、軍規の紊乱（ぶんらん）

を放っておくわけにはいかない。何しろ戦争の真最中です。こっちがおとなしくしていても、朝と夕方はまるで挨拶みたいに敵の艦砲射撃か空爆がやってくる。軍司令官はかなり厳しい命令をだして、いかなる場合にも後退を許さなかった。負傷兵も後退してはならぬという命令で、それくらい厳しくしなければ軍隊という組織そのものが崩壊寸前の情勢だった。わたしに対しても、ずいぶん無理を言ってきました。軍法会議なんか要らんと言うのです。

——それは、具体的にどういうことでしょう。

——そんな生ぬるいことをしている場合じゃないと言うんです。陸軍刑法とか軍法会議とかいうのは軍規が厳正に保たれている場合のことで、戦線が緊迫しているときに、どうせ死刑にする者をいちいち軍法会議にかける必要はない、そんな奴らは構わんから片っ端からぶった斬れと言われた。

——軍司令官が直接そう言ったんですか。

——いや、ある参謀です。まだ健在らしいのでその参謀の名を挙げるのは控えます。

——それで敗戦間際の頃は軍法会議をひらけなかったんですか。

——そうです。検察官として、わたしは大へんな侮辱を感じた。むろん黙っていたわけじゃない。召集令状で引っぱられてきた兵隊の命にかかわることです。わたしはその参謀を説得しようとして大喧嘩をしました。しかし、むこうの方が階級が上です。わたしは軍法会議をひらかない代わりに、憲兵隊から送致された事件をその後は全部握り潰してやりました。

――握り潰した事件はどうなりましたか。

――終戦後、みんな俘虜になったわけですが、米軍の諒解を得て、ちゃんと裁判の手続きをとりました。その判決書は復員裁判所から地検に引継がれているはずです。

――話を戻しますが、参謀がそのような圧力を検察官にかけたくらいなら、憲兵隊に対しても圧力をかけませんか。

――当然かけたようです。憲兵隊長が弱って相談にきました。わたしは放っておけと言ってやった。

――しかし放っておけたでしょうか。

――分りません。そこまではわたしにも分らない。憲兵隊が勝手に処刑したという話は聞かなかったが、そういうことがあったとしても不思議ではないし、特に前線では、何が起っても不思議ではなかったと思います。しかし馬淵軍曹については、無実の者をわざわざ処刑されたなどと書くわけがないので、やはり憲兵隊から通報をうけたというのが問題のポイントじゃないでしょうか。

越智信行氏（もと陸軍憲兵軍曹）

――みんな嘘をついています。裁判官の言ったことも嘘です。嘘をつく理由は分っていますが、検察官だった横常さんまで憲兵のせいにする口ぶりでは、わたしも黙っていられません。実は、馬淵軍曹のことについては、七、八年前に厚生省から照会の手紙を受取りました。しかし、そのときは返事を出さなかった。嘘をつくのも本当のことを言うのも厭だったからです。敗戦の直前といえば、思い当る事件は一つしかない。被告の名前は忘れましたが、事件そのものは忘れようにも忘れられません。

まず当時の憲兵隊について説明します。わたしは憲兵隊本部のあったブマイから四キロほど離れた分駐所を拠点にして、山岳部のジャングルに入って土民に対する宣撫工作と情報収集にあたっていた。土民が兇悪化していたし、標高千メートルくらいの山を越えるにも、深い谷に降りてターザンみたいに藤蔓を利用して川を渡ったり、その危険度は最前線と変りません。准尉二人と補助憲兵十一人がいっしょでしたが、土民にやられて、おしまい頃は准尉が一人死亡、補助憲兵もたった二人に減ってしまったほどです。ところが、そんな苦労をしている最中に、山を下りてこいという命令がきた。ブマイに戻ったら、いよいよ最後の決戦をするというんです。野戦病院も閉鎖する有様で、軍法会議をひらけるような状況じゃありません。決戦にかかるという際に、みすみす兵力を損耗する処刑を行うわけもないでしょう。敢えてそれを行うとしたら相当の大事件です。

次に、中隊長は憲兵隊の通報書類で馬淵軍曹の処刑を知ったと言ってるそうですが、そんなばかなことはあり得ない。中隊で起きた事件は中隊から大隊、連隊、師団、軍司令部という命令系統を遡って、軍司令部の参謀から憲兵隊に捜査命令がくる。この命令系統は、武装解除された敗戦後も厳守されたくらいで、憲兵の独断では他の部隊の兵に対し横びんた一つ張ることも許されなかった。だから処刑の現場に憲兵がいたということは、軍司令官以下、少くとも法務部の将校なら事件を知らないわけがありません。

——それはどんな事件だったんですか。

——上官を食べちまったんです。

——上官を食べた？

——そうです。だからみんな事実を言いたがらない。

——本当ですか。

——本人が自白しました。人肉と知らずに、野豚の肉だと聞かされ、水たきにして食った兵隊が何人かいます。

——どうして人肉ということが分ったのだろう。

——むろん初めは分らなかった。こまかいことは忘れましたが、被害者の方が上官だったことは確かです。被害者の名前も階級も憶えていません。あるとき、加害者と被害者が食糧を探しに出かけ、何日か経って加害者が一人で戻ってきた。途中で野豚を殺したという肉を飯盒に詰め、上官はジャングルの中で行方不明になったと報告したらしい。そこで、中隊長はその被害者の行方を探させるために、班長を加害者と同行させた。ところが、また加害者が一人で戻ってきて、班長も行方不明になったと報告したんですね。二度目は手ぶらで戻ったそうですが、その落着かない様子を怪しんだ者がいて、詰問したら自白したというような話だった。二度目に同行した班長も殺されていたんです。加害者はその班長も食うつもりだったかどうか知りませんが、とにかくそういうわけで処刑されました。正規の軍法会議をひらかなかったにしても、検察官は知っていたはずで、判決書がないのは公にしたくない事件だったからだと思います。

——最初に殺された被害者の遺体は見つかりましたか。

——さあ……、どうだったでしょう。憶えていません。

——初めから食べるつもりで殺したのだろうか。

——もちろんそうだと思います。腹がへって、頭も少しおかしくなっていたのかもしれない。あるいは、あの島全体が異常だったせいです。上官を食った事件は別としても、あの島は人間のあさましさをとことんまで覗かせてくれた。他人のことを言ってるわけじゃありません。わたし自身、どんなに自分のあさましさを思い知らされたことか、殊に自分についでは知らないほうがいいことまで知ってしまった。わたしなどは憲兵だったから、最前線の歩兵部隊に較べればまだ楽なほうだったと思います。少くとも、人間を殺して食うところまでは追いつめられずに済みました。しかし、上官を食った男とわたしとの間に、果してどれほどの差があったか分りません。現在のわたしは平凡なサラリーマンです。朝七時半に眼を覚まし、満員電車に揺られながら新聞を読んで、九時前には会社につく。そして夕方の五時か六時頃まで仕事に追われ、家に帰れば女房がいて、高校生の長女と中学生の伜が二人いる。胃の調子が少し悪い程度で、何も考えなければ結構気楽に暮していける。勤め帰りに酒を飲むこともある。近所に碁の相手がいて、碁盤を囲むこともある。カラー・テレビを月賦で買い、年に一度は家族そろって温泉に行く。しかしふっとバースランド島の記憶が甦る。自分が厭になる。厭でたまらなくなる。わたしの気持は誰にも分らない。分らないでいいと思いながら、不安でいたたまれなくなるときがある。わたしは戦地に七年間いた。もう五十二歳になる。あるいはまだ五十二歳と言うべきかもしれない。しかし最近は急に老け込んだような気がする。生きて還ったのが間違いだったような気がする。あの島へ行った者は、たとえ国のためであろうが何のためであろうが、生きて還るべきではなかったのではないか。そんなことを考えだすと眠れなくなります。

——上官殺しの加害者の顔を憶えていますか。

——憶えています。痩せ細っていたのは誰も同じですが、眼のギョロッとした、小柄なひとだった。射殺されるとき、泣きも叫びもしないで、眼かくしをされていたけど、日なたぼっこのようにぼんやり口をあけていた。

——馬淵軍曹は小柄ではありません。連隊の戦没者連名簿に、党与逃亡で処刑と書かれている点をどう思いますか。

——上官殺害では具合が悪いのでそうしたのでしょう。

——しかし、それなら逃亡罪だけでよかったんじゃありませんか。党与逃亡では共犯がいなければならない。

——それは何かの誤りでしょう。わたしは病死として扱われていると思っていました。いずれにしても遺族には、本当のことを知らせないほうがいいと思います。

——やはり馬淵軍曹が上官を殺害したと信じているんですか。

——断言はできませんが、あの頃処刑された者はほかにいません。不審の点があるようでしたら、憲兵隊長だった服部さんに聞いてごらんになるといいでしょう。もう六十歳を越えていますが、陸士や陸大出の将校と違って、兵隊から叩き上げの律気で信頼できるひとです。服部さんなら、知っていることを知らないなんて言いません。遺族に対する配慮も忘れないひとですが、板橋で小さな印刷工場をやっています。田丸という軍曹については憶えがありません。

服部勇作氏（もと陸軍憲兵少佐、憲兵隊長兼囚禁所長）

——終戦の直前頃、上官殺害のため処刑された者がいるという越智くんの記憶は、事実を混同しています。上官殺害事件は確かにあったようです。しかし、それは終戦後発覚した事件で、上官を殺して食ったなどというものではありません。馬淵軍曹や田丸軍曹の名前にも全く聞憶えがない。ただ終戦の直前頃、二人の下士官を党与逃亡で処刑したことがあるので、越智くんはその二つの事件を混同してしまったのでしょう。何しろ二十四年以上経っています。わたしも正確な記憶はありません。

日盛りのいちばん暑い午後だったと思います。巡察中の憲兵が、芋畑をうろついていた逃亡兵二名を見つけ憲兵隊本部へ連行してきました。憲兵隊本部といってもわたしたち憲兵が寝起きしていたニッパ小屋で、軍法会議も内地のような法廷があったわけじゃありません。容疑者の取調べもニッパ小屋の中、軍法会議もわたしの部屋を使いました。罪名はほとんどが敵前逃亡です。逮捕したその日のうちに会議をひらき、会議は二十分から三十分くらいで終るのが普通でした。そして死刑に決まると、大抵その日の午後、空襲の危険がない頃を見計らって、あまり人目につかない所へ連れていって銃殺しました。処刑の際は検察官のほかに、検死のため軍医も立会っていたはずですが、検察官は横常という大尉、軍医の名は憶えていません。ついでに処刑の模様をお話しすると、執行指揮官は検察官ですが、実際に執行の任にあたるのは囚禁所長としてのわたしでした。死刑囚に目隠しをして処刑場へ連行します。その以前から、補助憲兵は死刑囚に余分な恐怖を与えないよう撃鉄を装置しておき、処刑場に着いたら死刑囚を正坐させてその真うしろに立つ。そしたらわたしが右手を挙げ、その手を振下ろすのです。そのときの厭な気持は今でも忘れられません。その合図で補助憲兵が銃の引金を引くわけです。例外なく一発で即死しました。終戦の直前ごろ処刑した二人の下士官の場合も同様でした。その二人の名前は思い出せませんが、軍法会議法の手続きを経て処刑されたと記憶しています。憲兵というといろいろ誤解されて、映画などでもみんな敵役みたいに扱われていますが、憲兵が独断でやれることは何ひとつなかったと言っていいくらいです。少くともバースランド島においてははっきりそう言えます。

——すると二人の下士官についても、判決書があるはずですね。

——当然あったはずです。しかし軍法関係の書類は米軍に没収されたと聞いています。

——いいえ、判決書綴は検察官だった横常氏が持帰って復員裁判所に引継ぎ、現在は検察庁が保管しています。しかし敗戦前後の判決書が欠けていて、横常氏も当時の裁判官だった方たちも、敗戦の直前ごろは軍法会議を開くどころではなかったと言っています。

——おかしいですね。それではわたしの記憶ちがいだろうか。何しろ古いことですから、記憶がいろいろと入混っています。

——会議を開かずに、例えば軍の高官の命令で処刑したということはありませんか。

——わたしは開廷したと思っていますが、確信はありません。そう言われれば処刑の際、軍司令部から早く執行しろという伝令が再三きたのに対し、いくら命令でも空襲の危険があるうちは駄目だと断った憶えがあります。

——軍司令官が直接派遣した伝令ですか。

——さあ、どうだったでしょう。軍司令官はそこまでこまかい命令を出しませんね。参謀クラスだったかもしれません。

——私は、ある参謀が検察官に圧力をかけ、どうせ死刑になる逃亡兵をいちいち軍法会議にかける必要はないと言ったという話を聞きました。

——何という参謀ですか。

——名前は聞きません。

——わたしもある参謀にそう言われたことがあります。でも、わたしはそんな命令には応じなかった。二人の下士官のときも、適法なものでなかったら処刑しなかったでしょう。彼らは夜襲に行く途中、部下の分隊員数名をつれて逃げたらしいのですが、分隊員はジャングルの中でつぎつぎに栄養失調やマラリアで倒れ、その二人の下士官もフンドシ一つという姿で骨と皮ばかりに痩せこけ、彼らを見つけた憲兵は土人かと思ったそうです。訊問の際も、空腹のせいかろくに口もきけない有様でした。だから処刑するとき、ほんの小指ほどの小さな芋だったが食わせてやろうとしたことを憶えています。しかし彼らは食わなかった。二人とも微かに首を振っただけです。物を嚙む気力もなく、生きているより、早く死んで楽になりたかったのかもしれません。なぜ逃亡したのか、ひとことの弁解さえしませんでした。

――中隊長だった川村さんは、憲兵隊の通報によって馬淵軍曹の処刑を知ったと言っています。その点をどう思われますか。

――越智くんからお聞きになった通りです。逃亡兵を逮捕した場合、憲兵隊が逃亡兵の所属部隊に通報することはありました。しかし刑の執行などについては、軍法会議の長官を兼ねていた軍司令官に報告する義務があるだけで、憲兵隊が処刑された本人の上官に直接知らせることはありません。立場上そういうことはあり得ない。憲兵隊は軍司令官の直轄で、各部隊の命令系統とは立場が違います。

――囚禁所長としての立場も同様ですか。

――同様です。だから中隊長が確かに通報を受けたと言うなら、師団参謀か連隊副官あたりに知らされたということは考えられる。とにかく憲兵隊は関知していません。

――上官を食ってしまったというのは、どんな事件だったのでしょう。

――それは噂に過ぎない。

――しかし越智さんは、処刑に立会ったと言っています。

――記憶違いです。おそらく、彼が立会ったのは二人の逃亡兵を処刑したときで、その記憶を戦後の上官殺害事件と混同し、さらに人肉事件の噂まで混同している。わたしは戦友を殺して食ったなんて噂を信じていません。

――そういう噂があったことは事実ですか。

――どうぞお引取り下さい。あの島の出来事はもう思い出したくないのです。軍人は軍規を守らねばならない。軍規を破れば当然厳正に処罰される。そうしなかったら軍隊が崩壊します。わたしはたまたま憲兵だったため、上官の命により刑を執行した。厭な思い出が多過ぎるのです。それでも、もしお役に立つならと思いますが、馬淵軍曹については全く憶えがありません。かりに判決書があったとすれば、当時軍法会議の録事（書記官）をしていた桃田という憲兵曹長がそれを書いているはずで、そのひとに聞けば憶えているかもしれない。確か宮崎県出身の、もと小学校の教員で非常に字の上手な下士官でした。終戦後の九月末からわたしは戦犯収容所に拘禁されましたので、軍法関係の復員手続きなどもその録事に聞かれたほうが分るでしょう。わたしは内地に帰還後も戦犯容疑者として追及され、自分の生命を守るだけで精いっぱいでした。

桃田与四郎氏（もと陸軍憲兵曹長）

――服部さんがおっしゃったというように、越智さんの記憶は誤りです。しかし敗戦直前頃の逃亡事件、それから人肉事件、敗戦後発覚した上官殺害事件、この三つの事件があったことは事実です。わたしが録事になったのは敗戦後で、その点は服部さんの記憶も間違っています。二十年の八月十日処刑という日が確実なら、当時の録事は高射砲大隊からきていた藤森さんという、もと小学校の先生で字の上手な下士官でしたが、藤森さんは内地に還ってから間もなく、栄養失調のため体力を回復できないまま亡くなったと聞きました。でも、あの島で起った事件なら大抵わたしの耳に入っています。とにかくずいぶん古いことで、わたし自身はまだ昨日のことのように憶えているつもりでも、忘れてしまったことのほうが多いでしょう。馬淵軍曹や田丸軍曹の名前にも憶えがありません。服部さんが人肉事件について喋りたくない気持は分りますが、わたしはもう何もかも喋ってしまったほうがいいと思ってお話しします。つまり、あの島の状況がそれほどひどかったことを理解して、逃亡で処刑された兵隊やその遺族の扱いについて厚生省などがもっと考慮してやって欲しいと思うのです。葉書一枚で戦争に駆り出されたのに、あんまり可哀相ですからね。

人肉事件のことは越智さんからお聞きになったそうですが、わたしの記憶とは多少違っています。加害者の名前や階級は忘れましたのでA軍曹としておきましょう。部隊名も憶えていません。あるとき、海岸近くのジャングルで十人ほどが腹ぺこで屯していた。そこへA軍曹がふらっと現れ、野豚の肉と塩を交換しないかと言ってきた。野豚を殺したという肉を飯盒いっぱいに詰めていたそうです。その連中は早速交換に応じ、その肉を水たきにして食った。ところが、Aがジャングルの奥へ姿を消すとき、好奇心かどうか知りませんがAのあとをつけて行った下士官がいた。その下士官をかりにBとします。Bはそのまま戻らないで、姿を消してから間もなく銃声を聞いたという者もいますが、とにかくBはそれっきり戻らなかった。そして三、四日したら、A軍曹がまた肉と塩を交換にやってきた。Bのことを聞くと、ジャングルの中で別れ別れになったという返事で、飯盒をあけさせてみたら腐っていて食えそうもない。死んで一日経てば腐ってしまいます。そこで誰かがA軍曹を詰問したんです。Aは簡単に自白したそうですが、二度目の肉はBを射殺し、自分で食った余りだったらしい。そして最初の肉も上官を殺したものだということまで話しだした。本当かどうか分りませんが、その上官がいつも威張りくさって食糧を独り占めするので腹に据えかね、数人の仲間といっしょに殺し、そのあと、あまり空腹なので食ってしまったというのです。

——食ったものも数人いっしょですか。

——ええ。しかし彼ひとりでやったと思われたくないので、嘘をついたのかもしれません。食い終ってから残りを数人で分け、バラバラに別れたという話でした。

——最初に塩と交換して水たきにしたときは、まさか人肉とは思わなかったのでしょうね。しかし食べてみて、人肉と野豚の区別はつかないのだろうか。

——その辺がまた別の疑問になるのです。人肉を承知で食ったという噂が広まっていました。噂の出所ははっきりしませんが、人肉のほうが遥かにうまいというのです。もちろんわたしは人間の肉を食ったことなどありません。しかし土民に聞くと、やはり同じようなことを言っていました。野豚もパパイヤもタロ芋も、全然比較にならないと言います。

——土民は人食い人種だったのですか。

——そうです。

——私は違ったふうに聞いていました。土民の室内に飾ってある人間の髑髏は部族間の戦利品で、宗教的なものと聞きました。

——飾り物としては、確かにそういう意味があったでしょう。しかし、海岸附近の土民はキリスト教の影響で人間を食わなくなっていましたが、山岳部の奴らは歴とした人食い人種です。むろん人肉が主食ではないし、部族間の争いは女の奪い合いが原因で起こることが多いらしく、それぞれタロ芋などの畑を作っていたから食欲のために他の部落を襲うようなことはなかったと思います。しかし人食い人種だったことは本当で、わたしもどんなに恐ろしい思いをしたか知れません。

ご存じのように、憲兵の任務は軍規を維持することですが、バースランド島では土民の宣撫工作と情報収集が主でした。軍の上層部は戦況の不利を見越して、そのときは山に立籠る計画だったらしいのです。ジャングルの奥は千メートルから三千メートルくらいの険しい山がいくつもあって、自然の要塞になっています。眼もくらむような断崖絶壁の真下を急流が凄い勢いで流れ、そう簡単には攻めてこられない。そこでわたしなどは専ら土民と接触させられたわけですが、おそらく、あの島で土民にいちばん多く殺されたのは憲兵だったと思います。何しろ兇暴な奴らで、殺したら首から上以外は全部食ってしまう。足の裏が最高にうまいと言ってましたが、その取り合いで猛烈な喧嘩をしているところを見たこともあります。土民は奴らの言葉のほかに、主だった連中は華僑訛りのピジョン・イングリッシュをつかっていました。わたしはそれらの言葉を一所懸命憶え、かなり親しくなった酋長も何人かできた。しかしうっかりしたらいつ食われるか分らない。その怖さといったらありません。いつだって内心はビクビクです。一個分隊全員食われたことが実際にあったし、ドイツ人の牧師も食われている。奴らは人肉を食うとき、きれいに腑分けしてからバナナの葉にくるんで石焼きにする。そういうことを知っているのでなおのこと怖い。いったん怖いと思い始めたら、気が遠くなりそうになります。奴らの顔には表情がありません。みんな同じような顔で全身真っ黒けです。白いのは白眼のところだけで、馴れるまでは酋長以外ほとんど口をきかない。近寄るのに足音をさせません。奴らは眼で合図をします。片眼を瞬いたら生捕りにしろという合図かもしれない。両眼を閉じたら殺せという合図かもしれない。わたしたちが土民に諜報工作していたように、米軍側も同じことをやっていたに違いないのです。事実、わたしたち憲兵の首には懸賞がかかっているということも聞きました。懸賞は腰巻（ラブラップ）三十枚とか四十枚とかいうものですが、無事に内地へ還れて、こうして生きているのが不思議な気がします。

話がそれたでしょうか。

——いえ、人肉事件のつづきを伺っています。そのような事件を信じていいかどうか迷っています。

——土民は人間を食いました。だったらたとえ日本人同士でも、人間が人を食わない理由はありません。兵隊は飢えていたのです。頭がおかしくなって、泥土を食うほど飢えていました。モラルは人間のつくった幻想でしょう。しかしあの島では、あらゆる幻想が消えていた。野戦病院で見たある下士官は、生きた野鼠を、その粗い毛を吐き出しながら食っていた。彼は狂っていたわけではありません。その下士官を羨しそうに眺めていた病兵もいたのです。一本の小さな芋を争って殺された兵隊もいます。あるとき、わたしの戦友がマラリアで死にました。戦病死者は土葬していましたが、その前に小指を一本だけ焼いて、その骨を遺族におくることにしていた。しかしそのとき、わたしは小指の焼ける匂いに食欲をそそられたことを忘れません。わたしが、今でもステーキ類を食う気になれないのはそのせいです。これは生理的な原因で、モラルとは関係がありません。

——それで、A軍曹はどうなりましたか。

——すぐに銃殺されました。軍法会議にかけたかどうか憶えていませんが、最後の決戦をするという命令で山を下りて間もない頃ですから、会議どころではなかったと思います。

七月末か、八月の初め頃でした。

――A軍曹の顔を憶えていますか。

――のっぺりした顔で、眼が異様に光っていました。そのほかは憶えていませんが、わたしは土民とのつき合いで、人肉を食ったあとは油みたいに眼が光ることを教えられ、実際にそのとおりだったから、特にA軍曹の眼が印象に残ったのです。無気味な感じでした。

――敗戦の直前ごろ逃亡で処刑されたという、二人の下士官についてはどうでしょうか。

――あの事件はわたしが調べたはずですが、二人ともひげづらだったような気がするだけで、逃亡兵はほかにもいたし、顔はもう思い出せません。他部隊の畑から芋を盗もうとして捕まり、憲兵隊に引っぱってこられたんです。当時は珍しい事件じゃありません。むしろその場で射殺されなかったのが幸運なくらいで、他部隊の畑に忍び込んで殺された者がかなりいると聞いています。憲兵の眼は到底前線まで届きません。戦争の末期は、将校すらフンドシ一丁という情ない姿で食糧をあさっていた有様で、あとで友軍の兵に射殺されたと分っても、土民と誤認して射ったと言われればそれまでです。連行された二人の下士官は、食糧を探しに出て道に迷ったと言っていました。

――それでも死刑ですか。

――逃亡兵はみんな同じ弁解をします。離隊者がふえているので、軍司令官はいかなる理由があろうとも隊を離れた者は極刑に処すという布告を出していた。しかし、わたしは前線の状況が分っていたたし、まして決戦にかかるという際に、彼らを軍法会議に送るつもりなどはなかった。ところが、軍法会議の裁判官を兼ねていた師団参謀がやってきて、拘禁中の逃亡兵を見ると、軍法会議なんかどうでもいいからすぐに銃殺しろという命令をした。わたしは隊長の服部さんが抗議したことを憶えています。しかし駄目でした。その後もしつこいほど伝令を寄越して、しまいにはその伝令が、参謀の命令だから処刑を見届けなければ帰れないと言うんです。参謀は軍司令官の布告を盾にしているので、命令なら従わないわけにいきません。そのときは前から拘禁していた三人の逃亡兵も加え、五人いっぺんに銃殺したように憶えています。

——軍法会議はついにひらかずですか。

——わたしの記憶ではひらいていません。囚禁所といっても隔離された獄舎があったわけではなく、逃亡兵はわたしたちと同じ部屋に寝起きしていたので、逃げる気なら逃げられる状況でした。しかし彼らは、たとえまた逃亡できると思っても、その気力さえ失っていました。ひどい栄養失調で、放って置いても死んだかもしれません。

——憲兵隊本部も食う物がなかったんですか。

——いえ、非常用の予備米が憲兵一人につき十日分五キロずつあったし、畑もつくっていたので、どうにか飢えを凌いでいました。逮捕された逃亡兵は、ジャングルをさまよっていた頃より恵まれたはずです。

——すると軍司令官や参謀クラスは飢えを知らないわけですか。

——もちろん知らんでしょう。ある高級参謀は、コック上りで料理のうまい当番兵をつけていました。軍司令官に至っては、前線の本当の苦労などまるっきり分っていなかったと思います。

——前線は悲惨だったようですね。

——わたしも本当に分っていたとは言えませんが、大体、作戦そのものが最初から無理だったし、甲幹出身の将校を前線に出したのも大きなミスだったと思います。彼らは応召するまでサラリーマンか学生だったわけでしょう。それが軍隊に入って甲種幹部候補生になった。将校不足のため、粗製乱造されたようなものです。実戦の経験もありません。そいつをいきなりバースランドみたいな島へ送って小隊の指揮をとらせるなんて、彼らにしてみたって災難です。カロミラ岬の総攻撃にわたしは二度とも参加しましたが、死物狂いの戦闘中に、部下を置いてけぼりにして将校がどんどん逃げてくる。それが決って甲幹出身の若い将校だった。わたしは何人ぶん殴って前線へ追返したか知れません。ずいぶん手を焼きました。

——下士官のあなたが将校を殴ったんですか。

——逃げてきたら叩っ斬っても構わんという命令だったのです。見逃してやっても、後方で逮捕されて処刑されたでしょう。突撃命令は至上です。負けると分っていても退却は許されない。だから已むを得ませんでした。彼らは逃げてきて憲兵に見つかると、大抵気違いのふりをした。星がきれいだとか、小鳥がとんでいるなんて呟いている。そのくせ顔がまっ青で、足がガクガク震えている。軍刀でぶん殴って、これ以上退却したら処刑されるぞって脅してやると、急に正気にかえったように泣き出したり、腰が抜けたみたいにその場に坐り込んで動かない者もいました。そんな状態だから総攻撃はむろん失敗です。その後の日本軍は半ば壊滅していたと見ていいでしょう。食糧も弾薬もなくて、軍規を云々するほうが無理でした。

――逃亡兵を処刑した場合、憲兵隊は処刑された兵の所属部隊に通報していましたか。

――憶えがありません。しかし逮捕したとき、身分を確認するため所属部隊へ問合わせるということはありました。だから中隊長が憲兵隊の通報で馬淵軍曹の処刑を知ったというのは、その問合わせを誤解したのではないでしょうか。そのような問合わせがあれば、当時として、処刑されたと先走って考えてもおかしくありません。

――しかし、川村さんが中隊長になったのは敗戦後です。

――敗戦後逃亡で処刑された者はいないはずです。少くとも、正規の軍法会議で死刑を言渡された者はいません。やはり中隊長の誤解だと思います。

――八月十日という日附に印象はありませんか。

――特にありません。五人いっぺんに銃殺したのがその頃だったような気がしますが、確信はありません。いずれにしても、その五人の中に馬淵三千代という名前はなかったと思います。

——五人の銃殺を命令した参謀を憶えていますか。

——千田という少佐です。陸士出の優秀な青年将校という感じでしたが、多分まだ健在でしょう。東京の上野だったか神田だったか、とにかくあの辺でかつての部下を使い、運送会社をやっていると聞いたことがあります。大橋さんに聞きませんでしたか。

——大橋さん？

——大隊の主計をしていたひとです。さっき甲幹出身の悪口を言いましたが、大橋さんはちょっと違います。最前線でかなり勇敢に戦っていたということを聞きました。主計だからといってのんびり構えていられない部隊だったわけですが、馬淵軍曹の問題についてもいちばん熱心なようで、わたしのところまでいろいろ尋ねにこられました。大橋さんに聞けば詳しいことが分っているかもしれません。

——大橋さんが見えたのはいつ頃ですか。

——もう六、七年前になります。わたしが厚生省の照会に返事を出したのはもっと前だったし、あの問題はとうに解決したと思っていました。厚生省はいったい何をもたついているのでしょう。真相が分らないなら、本人や遺族の有利に解釈してやればいいでしょう。日米安保条約とか万国博とか言っている時代に、戦後二十四年以上も経ってまだ逃亡がどうのこうのと言っている神経が分りません。戦犯になった連中でも今は平穏に暮らし、恩給まで受けています。

――遠慮して伺わなかったのですが、服部さんの戦犯容疑はどういう事件でしょう。

――アメリカ兵の捕虜処刑です。処刑の命令権者は軍司令官で、実際に命令したのは参謀ですが、直接執行を指揮したのは憲兵隊長だというので服部さんが戦犯にされました。これも無茶な話でした。上官の命令で処刑したと言っても通用しません。裁判にかけないまま捕虜を処刑したことは事実です。しかし国際法通りにしようとしても、ジャングル地帯の峻嶮（しゅんけん）を越えて捕虜を後送するなんて真似は到底できない。むろん飛行機もなければ船もありません。食糧だって捕虜に食わせる余裕はありません。それで面倒だから殺してしまえというのが参謀部の命令で、服部さんは命令に従ったまでです。ところが参謀連中はうまいことを言って逃げ、服部さんが割をくった勘定です。死刑を求刑されたと聞きましたが、どういうわけかそのときは無罪になり、内地に還ってから懲役二年か三年の刑をくったと聞いています。

――戦後発覚した上官殺害はどんな事件ですか。

――それはよく知りません。その頃、わたしは原因不明の高熱で生死の境をさ迷っていました。軍法会議は敗戦後も復員するまで存続しましたが、わたしが録事を勤めたのは僅かな期間です。

大橋忠彦氏（もと陸軍主計中尉）

――馬淵軍曹の件については再三再四厚生省に陳情しました。自分の部隊にいた下士官が戦地で死亡していながら、未だにその死因が曖昧なまま逃亡による処刑扱いされていることを知って、どうしても放っておけなかったのです。わたしは馬淵軍曹を憶えていません。遺族に写真を見せてもらっても思い出せなかった。しかしあの島でいっしょに苦労したと思えば、やはり放ってはおけなかった。この気持はわたし自身の問題です。わたしはただ、あの島で過ごした苦い歳月を追いかけただけかもしれない。おかしいと思うでしょうが、わたしはあの島にいた頃の自分がいとおしくてならないのです。ぼうぼうのひげづらで、ぼろぼろの服に軍刀を吊し、いつも飢えていて、虫けらまで食いあさり、マラリアの熱に魘（うな）され、何の望みもなくジャングルを這いずり回っていた。そんな自分がいとおしいなんて、ばかげた感傷かもしれません。馬淵軍曹のことを知ってから、それまではあの島の思い出を避けてきたのに、急に何人もの人に会いました。かつての軍司令官、師団参謀、連隊長、中隊長、そのほかいろいろです。しかし結局は分らずじまいで、厚生省側を説得できるような資料はだせませんでしたが、わたしは戦後射殺された十人の中に馬淵軍曹がいたのではないかと思っています。

――それはどんな事件ですか。

――どなたかに聞きませんか。

――いえ。

――八月末のことです。十人という数は正確ではありません。九人だったという者も十一人だったという者もいます。だから一応十人としておきますが、敗戦後半月ほど経って帰隊した十人の下士官と兵が敵前逃亡罪で処刑されました。

――その話は聞いていません。

――それでは敗戦前の状況からお話しします。わたしたちの部隊は特に条件のわるい前線に配置されたので、敵の攻撃をまともに受け始終移動していたから、ほかの部隊のように固有の農園を持てなかったし、食糧を探しに行った兵隊も戻る前に原隊のほうが移動していて、戻ろうにもどっちへ行けばいいか分らず自然に離隊した者が多かった。そういう兵隊がほかの部隊の農園に迷い込んだり、土民に襲われたりしてかなり殺されています。戦病死による中隊長や小隊長の交替が頻繁で、部隊の統制もとれていなかった。わたしは主計将校として食糧などの補給にあたっていたわけですが、十九年三月の総攻撃に失敗して以後は補給なんぞ全くありません。部隊長まで栄養失調になったくらいです。ところが、後方で楽をしている師団参謀などは威張りくさるばかりで、たまの視察に芋の一本も持ってこない。そしてこっちは腹がへって動けないのに、寝そべっていたため、たるんでいると言って殴られた者もいます。

——その師団参謀が千田少佐ですか。

——彼をご存じですか。

——いえ、ちょっと耳にした程度です。敗戦の直前頃、軍法会議にかけないで五人の逃亡兵を処刑させたという話を聞きました。

——その通りです。神がかり的な必勝の信念にこりかたまっていて、若いから血の気も多かったのでしょうが、そいつが敗戦後も神州不滅とか何とか言って、せっかく生き長らえた十人を処刑させたんです。大体、陸大や陸士出の将校はエリート意識が強くて、兵隊を同じ人間と思っていません。いちがいに言えないでしょうが、わたしはそういう例を眼にあまるほど見ている。だから敗戦直前の五人に対しても、平気で処刑を命じたと思います。

——千田の年齢はいくつくらいですか。

——まだ五十二、三でしょう。わたしより五つ六つ若いはずです。

——処刑された十人について、その前後の模様を話してください。

——わたしが敗戦を知ったのは八月十五日、ポツダム宣言受諾の玉音放送があったという日の午前中です。米軍のマイク放送や飛行機が撒いたビラで知りました。「日本降伏」という垂幕を靡かせた米軍機が、いつまでも低空を旋回していたことも強く印象に残っています。ガリ版刷りの師団司令部会報は、相変らず「皇軍不敗」とか「撃ちてしやまむ」なんてお題目に「××洋上にて赫々たる大戦果」などと威勢よくやっていましたが、前線の兵隊はそんなもの信用しません。捕虜になった戦友の元気そうな写真入りの米軍ビラのほうが説得力があったし、負けることは分っていました。ただ、全員玉砕するまで戦うと聞かされていたので、意外な感じがしたことも事実です。だから本当に降伏したのかどうか半信半疑でしたが、十八日に連絡将校がきて、降伏したからブマイに集結しろ、と言われました。敵の砲撃もやんでいたし、もう間違いありません。ブマイは軍司令部があった所です。わたしたちは二十日にブマイへ着きました。敵の軍使がきて降伏の調印をしたあとのようでしたが、まだ武装解除されていなくて、武装解除はその数日後だったと思います。米軍と濠州軍がきて所持品を腕時計から鉛筆まで取上げられたけれど、その代わりコンビーフやオートミルを食えるようになりました。オートミルなんて初めて食った兵隊が大部分です。砂糖なしでも、あんなにうまいと思ったことはありません。しかし、それが俘虜生活の始まりで翌年二月まで続くのですが、話を二十年八月末に戻します。

米濠軍の俘虜管理政策の一つとして、日本軍は降伏後も軍隊組織を存続し、秩序維持と土民の襲撃に備えて憲兵は全員、各部隊も一割は武装を許されて、部隊ごとにジャングルを切拓いて宿営していました。海岸から十メートルも歩けばジャングルで、むろん地域も指定されていました。差当っての作業は農園作りです。そこへ八月末の夕方でした、ジャングルの奥から十人の日本兵が現れたんです。わたしはほんの少し英語を喋れたので、軍司令部附になっていたためその場にいなかったのですが、みんな裸同然の恰好でひょろひょろに痩せこけ、顔も同じようなひげづらだから、どれが何という兵隊だったか見当がつかなかったそうです。彼らは逃亡していたと見なされて、連隊から師団を経て軍司令部へ報告された。この扱いはほかの部隊でも同様でした。しかしほかの部隊で、戦後に逃亡罪で処刑された者はいません。ところが、報告を聞いた千田参謀は、軍法会議もひらかないで直ちに銃殺を命じた。抗議した者がいたかどうか知りません。ただ、さすがに戦友に銃を向ける者はいなくて、千田参謀は罵声を浴せながら、引率した部下の将校に銃殺させたそうです。

——事実でしょうか。

——わたしは事実だと思っています。

——証人がいないんですか。

——いるはずですが、見つかりません。軍司令官は何も知らないと言っています。師団長は温厚なひとでしたが、十数年前に亡くなりました。あの師団長が、参謀にそんな命令をしたとは考えられません。連隊長だった吉野氏は、当時マラリアで寝ていたので、やはり何も知らないと言っています。憲兵隊長は言葉を濁すようで多くを語りません。中隊長も小隊長も戦死して、川村さんはまだ通信の中隊長だった。大隊長は復員後の行方が分りません。大隊副官も消息不明です。

——連隊の副官が知りませんか。

——俘虜生活中に亡くなりました。銃殺の引金を引いた将校もとうに死んでいます。

——しかし戦友の下士官が多勢いたでしょう。

——噂を聞いたという者ばかりです。噂ならわたしも当時から聞いていたし、憲兵だった桃田さんも知っていました。桃田さんは同じ部隊の者数人から目撃者としての話を直接聞いているので、事実だろうと言っています。しかし彼は、その数人の名前を思い出せません。

——千田氏に会いましたか。

——会いました。知らぬ存ぜぬの一点張りです。

——馬淵軍曹が、銃殺された十人の中にいたのではないかという根拠は何でしょう。

——馬淵軍曹はクリスチャンだったそうです。銃殺された十人の中に、小さな十字架のついた鎖を首にかけている者がいました。これは桃田さんに聞いた話です。

——しかし、クリスチャンはほかにもいたかもしれない。

——だから断言はできません。

——それに、連名簿に記入された馬淵軍曹の処刑は八月十日で、敗戦後ではありません。

——その日附は自由にズラすことができたでしょう。一度に十人は多過ぎます。敗戦後の処刑という点も、あとで具合が悪いと思ったかもしれない。その後はジャングルから出てきても、みんな軍法会議で軽い刑を受け、逃亡で処刑された者はいません。

――それなら、なぜ病死にしてやらなかったのだろう。

――分りません。前線では連隊長や大隊長、中隊長にも司法権があります。したがって、軍法会議を経ないで処刑された者がいてもおかしくない。しかし、ほかの部隊ではそういう者も病死で扱っています。わたしは運送会社の社長室におさまっている千田に会ったとき、叩っ殺してやりたい衝動に駆られました。十人の兵を銃殺させたとき、彼は狂っていたと考えてやってもいい。降伏に応じるとき、彼ひとりが徹底抗戦を主張したというし、戦犯で引っぱられるのではないかとビクビクしていた。しかし現在の彼は違います。自決した僚友の参謀に戦犯容疑をなすりつけ、無事に帰国してぬくぬくと暮している。だが、わたしはそんなことを責めたくて彼に会ったのではない。また、不当な銃殺命令が事実だったとしても、今さら彼の弁解を聞いたって始まらない。彼が馬淵軍曹の死にかかわりあろうとなかろうと、それももはやどうでもいい。しかし、かつての部下の死因が疑問につつまれ、その遺族が苦しんでいるなら、一臂（いっぴ）の力をかすべきではないか。わたしはそう思って彼に会った。彼にはその力があるからです。馬淵軍曹の不名誉な死を語るものは一片の曖昧な書類に過ぎない。判決書がなく、裁判官や検察官たちも事実を否定している。だったら厚生省の係官に会って、その暇がなければ手紙でも構いません、当時の悲惨な状況を説明して、馬淵軍曹の処刑云々という連名簿の記載は誤りだと証言して欲しい。そうすれば本人の魂も救われようし遺族も助かる。師団参謀で軍法会議にも関与していた彼の発言は、有力な証拠になるはずなんです。さらに望むなら、当時は軍法会議を経ないで処断された者も多く、それらが不法だということも証言してもらいたかった。馬淵軍曹の問題は、厚生省の諮問機関である援護審査会において再審査中ですが、すでにその再審査も数年を経過して、未だに宙ぶらりんの恰好のようです。わたしにはなぜ審査会が時日を空費しているか分らない。わたしが会った厚生省の係官は、もと職業軍人で参謀本部にいたひとですが、戦線を離脱したら銃殺されるのが当り前じゃないか、たとえばゲバ棒を振回す学生を前に機動隊員が逃げたら免職されても仕様がないのと同じだなどと言っている。厚生省側の認識はそんな程度です。その係官は二年ほど前に退職したそうですが、いくら説明してもまるっきり分ってくれません。彼らの内部には今なお戦陣訓が生きている。そして最初に申請を却下した上司の体面をかばい、自分たちの立場を守ることに汲々としている。見事な軍人精神と官僚主義です。わたしは彼らをそう見ないわけにはゆかない。だから千田参謀の証言で審査会が動いてくれたらと期待したのです。そうすれば助かるのは馬淵軍曹の遺族に限りません。ニューギニヤ、ブーゲンビル、その他南方戦線の各地で同様のことがあり、約六百件がやはり援護審査会の裁決を待っているということも聞きました。しかし千田は口を噤(つぐ)んでいます。わたしは何となく、疲れました。あるいは急に奔走しだしたように、その熱が急に冷めたのかもしれない。今はまたあの島のことを忘れたいと思っています。

――あの島では人肉事件もあったそうですね。

――そのことについてはお話したくありません。

――戦後銃殺された十人の中に馬淵軍曹がいなかったとすれば、ほかにどのような場合を考えますか。

――分りません。戦没者連名簿をつくった肝心の西山曹長も亡くなったというし、馬淵軍曹の最期を見た者はいないのです。

――判決書の有無は別として、やはり党与逃亡でしょうか。

――そうかもしれません。しかし党与逃亡なら、田丸軍曹を共犯とみて、それ以外にもいっしょに逃げた者が何人かいたと思います。でも、それらの者は決して名乗って出ないでしょう。恩給権を失い、周囲から冷く見られることを恐れているに違いない。敗戦後二十四年も経ったのです。生きていれば、たとえ貧しくても妻子があり、平穏に生きているでしょう。社会的地位を得たひとだっているかもしれない。しかしそれらの人々が、もうあの島の出来事は悪夢に過ぎないと言って忘れ切れるかどうか、わたしはそうは思いません。わたしは今でもあの島の夢を見る。ギラギラ照りつける太陽に灼かれながら、あるいは暗いジャングルの中で、眠るように死んでいった部下たちの夢を見ることがあります。

千田武雄氏（もと陸軍少佐、師団参謀）

——馬淵軍曹については何も知りません。顔も知らないし、名前にも聞憶えがない。戦没者連名簿とかに処刑と書かれているなら、多分その通りでしょう。わたしが軍法会議の判士を任ぜられた期間は極めて短く、それもわたしの所属師団の兵が罪を犯した場合に限られていた。まして終戦間際の頃は決戦準備のため作戦計画に追われていたから、軍法会議に関与している余裕などはなかった。これらのことは十年も前に厚生省の照会に回答済みであって、知らぬものは知らぬという以外にない。判決書綴に馬淵軍曹の分が欠けている理由も、わたしに臆測できることではありません。正規の軍法会議の手続きを経ずに処刑された者がいるという話も、わたしは戦後しばらく経ってから聞いたことで、当時は耳にしていなかった。

——敗戦直前ごろ、あなたは五人の逃亡兵の処刑を憲兵に命じています。

——それは憲兵の記憶違いで、わたしではない。終戦後間もなく、戦犯の追及を恐れて自決した参謀がいた。その参謀が処刑させたように聞いている。

——敗戦後の八月末、やはり逃亡罪で十人まとめて処刑されています。

——それも自決した参謀が命じたということを、あとになって聞いた。

——米軍の捕虜殺害を命令したのもその参謀ですか。

——それは知らん。

——当時は大きな問題になったはずです。

——きみはいったい何を言いにきたのかね。

——何を言いにきたのでもありません。ご返事を伺いたかっただけです。

——帰りたまえ。二度と来てもらわんことにしよう。

寺島継夫氏（もと陸軍軍曹）

——ついでと言っては失礼ですが、この近くに弟がいますので、お伝えしたいこともあってお寄りしました。実は川村さんの葬式で浜松へ行った帰りです。

——中隊長をされていた川村さんのことですか。

——ええ。大分酔っていたらしく、信号が赤だったのに渡ろうとして、トラックにはねられたそうです。

——おいくつだったでしょう。

——ちょうど六十歳と聞きました。

——私は三ヵ月ほど前に初めてお会いしたばかりです。

——そのことは葬式のとき、連隊書記をしていた秋庭さんに会って聞きました。いろいろお調べくださっているそうですが、馬淵さんの死因は、はっきり分りましたでしょうか。

——分りません。あなたは、敵陣へ斬込んで戦死したに違いないとおっしゃった。秋庭さんは、他部隊の農園の芋を盗もうとして射殺されたか、あるいはそのとき憲兵隊に引渡されて処刑されたか、それとも射殺されてから適当な理由をつけてその旨憲兵隊に知らされたかと想像しています。

川村さんは敗戦後の中隊長で馬淵さんに面識がなく、憲兵隊の通報で処刑を知ったと言いますが、その記憶は不確かで、単なる遺体発見の通報を憲兵隊の通報だからというので処刑されたように誤って伝えられ、その誤りがそのまま復員処理の書類に表れたのではないかという説でした。

しかしその書類をつくった西山曹長は亡くなられています。

連隊長だった吉野氏からは、重要書類はすべて焼却したはずで、処刑に関する書類があるなら事務処理上の誤りだろうという手紙をいただきました。

しかし検察官だった横常氏は訴訟記録を当時の復員裁判所に引継いで復員したと述べ、事実、判決書綴は検察庁に保管されています。そして吉野氏も横常氏も、軍法会議の裁判官だった方たちも馬淵さんの処刑については記憶がなく、ある裁判官は逃亡による処刑は一人もなかったと申していますが、別の裁判官は、軍司令官が離隊者に厳しい布告を出していたので、生死不明の離隊者を部隊のほうで処刑されたものと勝手に考え、それが連名簿に誤記された原因ではないかと推測しています。

ところが憲兵だったひとに聞きましたら、裁判官たちの言ったことはみんな嘘で、それは上官を殺害して食べてしまった事件を隠すためだと言うのです。

もっとも、当時の憲兵隊長はその事件を噂に過ぎないとして否定し、部下だった憲兵は敗戦直前に二人の逃亡兵を処刑した事件と敗戦後の上官殺害事件を混同していると言いました。

しかしまた別の憲兵に聞いたところでは、最初の憲兵が二つの事件を混同していることは間違いないようですが、ほかに人肉事件というのもあったらしいのです。ご存じでしたか。

――噂は耳にしたことがあります。

――加害者はのっぺりした顔だったそうです。

――馬淵さんを疑われているとしたら違います。彼は非常にひげの濃いひとでした。

――処刑された逃亡兵については如何でしょうか。一説によると、そのとき銃殺されたのは二名ではなく五名だったと言います。

――その話もあとで聞きました。しかし、わたしが聞いたのは五人で逃亡したうち二人が死刑で、他の三人は無期懲役ですが、その三人はみんなと同じ船で帰還し、服役しないで済んだそうです。

——逃亡罪は二十年十月の恩赦令で大赦になっています。そのせいでしょうか。

——知りません。

——かりにそうだとしても、正規の手続きを経たものなら判決書が残っているはずです。しかし、それらしいものは見当りません。あなたはその場にいなかったのですか。

——……わたしが原隊に帰ったのは敗戦後です。九月の半ば頃でした。

——すると、敗戦後処刑された十人の逃亡兵についても知らなかったわけですか。

——知りません。その話もあとで聞きましたが、処刑された者の中に馬淵さんがいたかどうか、それもわたしには分りません。わたしには自分のことしか分らない。ジャングルの奥で、自分がひとりぼっちだったことしか分っていない。あんたはわたしを追いつめようとしている。そうでしょう。違いますか。違っていても構いません。わたしは確かに逃亡兵だった。隠していたわけじゃありません。しかし、それがどうしたというんですか。

——待ってください。わたしは馬淵さんの最期を知りたいだけです。

——そのことは前に話しました。

——憶えています。

——だったら放っておいてもらいます。

——あなたは何か勘違いをしている。私たちがここで話しているのは、わざわざあなたが寄ってくれたからです。

——しかし寄らなかったら、あんたはまたわたしのところにくるつもりだったでしょう。

——考えていませんでした。結局、馬淵さんの最期は誰に聞いても分りません。戦後二十四年以上経っている。記憶はみなさん曖昧です。どれが真実でどれが記憶違いか、もうこれ以上分らなくてもいいような気がしてきました。

——わたしは自分のことを話しきっていません。逃亡兵だった自分のことです。

——私は伺わなくて結構です。

——わたしが話したいのです。斬込みに行った五人について、その中にわたしと馬淵さんも含まれています。日附は憶えていません。馬淵さんのほかは名前も忘れました。五人とも軍曹だったことは前に話した通りです。空腹のため、敵の食糧を奪う目的だったことも前に話しました。ジャングルは昼間でも暗く、時おり気味の悪い鳥の啼声がします。歩き始めて、どのくらい経ったか分りません。ふいに太鼓の音が聞えました。木の幹を刳（く）り抜いてつくった太鼓の音です。つづいてウォッー、ウォッーという動物の咆哮のような声は明らかに土民の襲撃です。奴らは決して姿を見せません。そうやって脅すように気勢をあげ、毒矢を射込んでくるのです。五人とも青くなりました。気勢をあげる声はジャングルに谺（こだま）するばかりで、どこにいるのか分りません。わたしは咄嗟に走りだしていました。考えている余裕などありません。どっちへ走ったかも憶えていません。おそらく、走りだしたのは五人同時だったと思います。わたしたちは土民の矢が正確に飛んでくることを知っていました。そして奴らが、人食い人種だということも知っていました。

——前に伺ったとき、あなたは彼らが人食い人種ではないと言った。

——言いました。思い出したくなかったからです。

——何をですか。

——首のない骸骨と、軍曹の襟章が落ちていました。それを見たのは、土民の襲撃を逃れて多分二ヵ月くらい経っていました。五人バラバラに逃げてから、わたしはずっとひとりだった。ほかの四人がどうなったか知りません。全くのひとりぼっちです。原隊を探したくても、自分のいる位置さえ分らない。土民の襲撃に怯えながら、暗いジャングルをうろつき回っていた。まるで動物と同じです。動物と違っていたのは、仲間がいないということだけだった。日本軍を見つけて、ほっとしたこともあります。しかし他の部隊だったので、虫けらのように追払われました。栄養失調でぶっ倒れそうなわたしに、小芋一本くれたわけじゃありません。銃剣で脅され、またジャングルの奥へ引返すほかなかったのです。何度死のうと思ったか知れません。自分で死ななくても、間もなく死ぬと思ったことが何度もあります。死ぬことばかり考えていたような気がします。もう死んでいるのではないかと、ぼんやりそう思ったことも憶えています。そしてある日でした。真っ白に晒されたような一体の骸骨と、その近くで軍曹の襟章を片一方だけ見つけたのです。もちろん遺骸の身元は分らなかった。その場所が、わたしたち五人が土民に襲われた附近だったかどうかも分らない。軍曹の襟章と、首が持去られているので土民にやられた日本兵に違いないと思っただけです。

わたしが原隊復帰したのは九月半ばでした。復帰が遅れたのは、ひとりぼっちだったからです。米軍のビラで日本の敗戦を知りましたが、それをすぐに信じていいかどうか分らなかったからです。いっしょに斬込みに行った四人の戦友はついに帰りません。あのとき土民に殺されたのか、それともその四人は無事に逃げて、予定通り米軍陣地へ斬込んで戦死したのか、あるいはみんなバラバラになって、わたしは運よく生き延びたが、彼らはジャングルをさ迷いながら病気などで死んだのかもしれない。

——馬淵さんはクリスチャンだったそうですね。

——そういうことは聞いていません。

——人間が人間の肉を食うでしょうか。

——食うでしょう。わたしは食うと思います。

——きょうの話は忘れることにします。

——なぜですか。

——忘れたいからです。あなたも早くお忘れになった方がいい。バースランドは遠い島です。

——でも、わたしは夢を見たわけではありません。なぜもっと正直に話せと言わないんですか。なぜもっと率直に、人間の味はどうだったかと聞かないんですか。

——それが愉しい思い出なら伺います。

上官殺害

――屍を戦野に曝すは固より軍人の覚悟なり。縦ひ遺骨の還らざることあるも、敢て意とせざる様予て家人に含め置くべし。

（「戦陣訓」より）

〈陸軍刑法〉

第六十三条ノ三　上官ヲ殺シタル者ハ死刑ニ処ス。

――ベラ島はバースランドの属島です。小さな島で、伊豆の大島ほどもないでしょう。全島ジャングルに蔽われ、高い山はありません。事件が起きたのは戦争の末期ですが、発覚したのは敗戦後、みんな俘虜になってフーフー島へ送られてからでした。しかし、もう殆ど憶えていません。忘れているんです。どうぞ横になってください。お酒はとうにやめましたし、せっかく呼んで頂いたのに、このままではわたしが困ってしまいます。按摩のほうは商売ですから、ほんとに、呼んで頂いただけで有難いんです。どうぞ、風邪をひかないように毛布をかけて。何しろ昨夜からの大雪でしょう。交通の便利なここらでも、冬場は商売になりません。どこの旅館も閑古鳥が鳴いています。それでも、芸者さんは宴会があるからまだいいようですが、日帰りの宴会客では按摩なんぞ呼んでくれません。冬のうちは食べてゆくのが精いっぱいです。物価は高いし、下手をすると東京より高いといいます。あまり暮らしいい所じゃありません。旅館がおよそ百三十軒と芸者が百七、八十人、按摩も百人近くいます。ええ、ほんとに気になさらないで、特に凝ってるところがあったら言ってください。暖い部屋ですね。すっかり暖くなりました。それでは失礼して、肩の辺りからさすらせてもらいます。いえ、あたしはここの生れじゃありません。どうですか。

もう少し強くしましょうか。大分凝ってらっしゃいますよ。わたしが生れたのは東京の下谷、妙泉寺というお寺の近くですが、戦争に敗けて還ったら焼けちまって家がありません。親父もおふくろも妹も、どこへ行ったのか分らない。近所のひともかなり焼け死んだといいますから、親父たちも逃げ遅れて死んだのでしょう。それであたしは自棄になって、自棄といっても闇市をうろうろしていた程度ですが、そうこうするうちに今の家内を知って一緒になり、家内の実家がこっちなので、ほかに仕様がないような事情もあって移ってきました。眼が見えなくなりましたんでね。戦地の無理がたたったのか、闇酒のアルコールがいけなかったのか、原因は分りません。急に見えなくなったんです。栄養失調で盲になった戦友がいますが、戦後はメチール・アルコールで死んだり失明したりという人もずいぶんいました。とにかくそういう時代を生延びてきたので、命を失くした戦友に較べれば、こうしていられるだけでも仕合わせでしょう。わたしはそう思うことにしています。しかし、わたしがここにいることがよく分りましたね。根岸さんに聞かれたそうですけど……。

　根岸の名前を聞くのは久しぶりだ、あれから十年以上経つだろう、会社の慰安旅行でこの温泉にきて、偶然おれを呼んだのだ、おれは眼が見えないから気がつかなくて当り前だが、あいつも最初は分らなかったらしい、あいつの肩を揉んでいるうちに、何となく戦争の話がでてベラ島にいたことが分り、「安西さんじゃないか、おれだ、同じ隊にいた根岸だよ」あいつ、急に体を起こして、素頓狂な声をだしやがった、おれはびっくりした、しばらく口がきけなかった、根岸の顔も名前も憶えていた、背の低い、要領のいい野郎だった、思い出話に夜が更けるのも忘れ、あのときはほんとに懐しかった、しかし、また遊びがてらに訪ねてくると約束したのに、それっきり音沙汰がなかった、死んだのかと思っていたが、元気だったんだな、でも、なぜおれが按摩をしていることなんか教えやがったのだろう、あの事件については、確かにおれの方があとのことまで知っているが、あいつだってまるっきり知らないわけじゃない、やはり自分では喋りたくなかったのかな、無理もないけど、あのときの小隊で、生残っているのは多分おれとあいつだけだ、お互いに仲がよかったわけじゃない、ちょっと間違ったら、殺し合っていたかもしれないのだ、あいつはおれの芋を掻っ払ったことがある……、

——今きた女中、お客さんに色っぽい眼をしませんでしたか。いえ、気になさるようなことじゃありません。まあサービスがよすぎるというのでしょう。ほかの女中たちは焼餅半分にいろんなことを言ってますが、あれで五十歳を越えているそうです。旦那が三人と

か四人とかいるらしく、それで、その旦那がくるたびに勤めを休み、ほかの連込み宿のような旅館へ行くという噂で、それくらいなら女中を辞めてしまえばよさそうなものでしょうけど、ここのお客さんを順繰りみたいに旦那にして、相当小金をためているという話も聞きました。別に悪い女ではありません。八十過ぎのよぼよぼのじいさんにまで実によく尽くすそうで、大した額ではないにしろ、そのじいさんが死んだときは遺産をもらったという話もあります。若い男が勤め先まで来られて弱ったという話も聞きましたが、こんな狭い温泉町では、ほかに面白い話題がないから噂の的にされるのでしょう。どうもつまらないことを喋ってしまいました。さっきの女中、おせいさんというんですが、声を聞いてもお分りでしょう、妙に色っぽくて、いえ、子供はいません。亭主は沖縄で戦死したそうです。わたしですか。わたしも子供がいないんです。はい、応召は十八年でした。いえ、補充兵じゃありません。現役のとき北支へやられました。一等兵のままですが、だから二度目の応召で、まだ肌寒いのに夏の服を着せられて、ラバウルに半年ほどいたでしょうか。それからベラ島です。聞いたこともない島でしたが、海軍が先に無血上陸していて、陸軍はわたしのいた一個連隊、連隊といっても千名そこそこだったと思います。上陸寸前に空爆をくらって、ダイハツ（大型上陸用舟艇）といっしょに沈んだ兵隊が相当いました。その千人も敗戦の頃は二百人くらいに減りましたが、とにかくその千人が島のあちこちに分散して警備にあたるという恰好でした。海軍は近くのショートランド島などに飛行場があったし、もっと多勢いたと思います。ひところは連日のように飛立ってゆくゼロ戦や夜間戦闘機の「月光」を見送って心強かったものです。でも、わたしたちの行った頃が空中戦の最終段階だったらしく、十八年の末あたりになると、友軍機は一機も姿を見せなくなりました。そして朝も晩も、こっちは空爆と艦砲射撃にやられ放題です。補給を絶たれたから食う物もろくにない有様で、そのようなときに起った事件のことは、思い出したくないと思っているうちにいつの間にか忘れました。殺された小隊長の名も憶えていません。加害者の名も憶えていません。聞かれれば、そんな事件もあったなという程度です。わざわざお越しくださったのに申し訳ありませんが、お話したくない気持も確かにあります……。

おれは喋りたくない気持と、一息に喋ってしまいたい気持が半々だが、喋ったところで気が晴れるわけじゃない、あれから二十五年も経とうというのに、厭なことを思い出すだけじゃないか、いつか根岸と話し合ったほかは、女房にも話していない、隠す理由もないが、喋ってやる理由もない、根岸と話したときだって、後味が悪くて何日も何日も気が重かったくらいだ、

おれは、あの小隊長を忘れていない、後藤少尉、柔道五段、いや、剣道五段だったかな、毛むくじゃらのひげ面に、蛇みたいな細い眼で、体の大きな、あいつはサディストだ、さもなければ気が狂っていた、下士候上りで、だから兵隊のことは裏の裏ま

で知りつくしていて、年はまだ三十になっていなかったろう……、

——風がやんだようですね。雪もやんでくれるといいんですが……。

富樫軍曹、小針上等兵、堺一等兵、それから馬場という一等兵もいたな、歌が得意で、剽軽なやつだった、堺も馬場も補充兵だが、いつもいちばん殴られていたのは小隊長の当番兵になった堺だろう、のべつ幕なしみたいに殴られていた、しかしあいつが死ななかったのは当番兵だったお蔭じゃないのか、小隊長の食事をくすねるチャンスがあったに違いない、だからいくら殴られても、彼はみんなより顔色がよかったし、栄養失調にもならなかった、大学出は彼ひとりで、それで小学校しか出ていない小隊長の当番兵にさせられたようだが、ああ苛められては陰気な顔になるのも無理がない、しかし、小隊長を恨んでいたのは彼だけじゃなかった、後藤小隊長、後藤のやつ、よし、ぶっ殺してやる、おれも何度そう思ったか知れない、小隊の全員が、みんな何度もそう思ったに違いない、もちろん富樫軍曹だって、

あれは、現地自活の主任会議があって、連隊本部へ行った後藤が一日か二日か遅れ

て帰ったときだ、後藤の帰りが遅れたので、誰も迎えに行かなかったが、それを後藤のやつ顔を赤くして怒り、「きさまの教育がなってないからだ」と言って富樫軍曹を殴った、ビンタを張り、軍刀で叩きつけ、足蹴にした、とめる者はいなかった、上官のやることは天皇陛下のやることとなんだ、それは富樫の口癖だったし、軍人勅諭にも書かれている、おれは内心笑って見ていた、ざまを見やがれと思っていた、曹長が戦死したあとは彼が実際上の曹長役で、おれたちにとっては横暴な後藤小隊長の手先に過ぎなかった、その彼が後藤に殴られ、全く無抵抗で呻き声をあげていた、もし、そのとき敵の空爆がなかったら、彼はその場で殴り殺されていたかもしれない、「敵機襲来」の声を聞くと、後藤のやつはすっ飛ぶように掩体壕へ逃げた、もちろんおれたちも逃げたが、飛ぶような元気はなくて、這いつくばって逃げたけれど、

　富樫が変ったのはそれ以来だった、やさしくなったわけではないが、おれたちを殴らなくなった、しかし、後藤は少しも変らなかった、部下を人間と思っていたかどうか怪しいものだ、対空監視のほかは敵が上陸してこない限り戦いようがなかったし、対空監視といったって、逃げるためのようなものだった、おれたちは農園造りに精をだした、しかしひどい湿地だった、芋もろくに育たなかった、それに全員がマラリアに罹（かか）っていた、ガタガタ震えるような悪寒がして、高熱が何日もつづく、栄養失調も続出した、だが、後藤はそれでも部下を休ませなかった、働けない奴は舌を嚙んで死

ねと言った、ある兵隊は空腹のあまり、魚をとりに行って、鰐に食われて死んだ、その報告を聞いた後藤は、働けない奴は舌を噛むより鰐に食われろと言った、病人を給食もしないで放り出しておき、少しでも農園でサボっている者を見つけると容赦なく軍刀で殴り、絶食を言渡した、おれたちはまるで奴隷だった、反抗すれば殺されただろう、ある兵隊は芋を盗み食いして後藤に見つかった、懲罰として、そいつはドラム罐にぶちこまれた、何時間ぶちこまれていたか憶えていない、南国の炎熱のような太陽の下だった、そいつは全身火ぶくれになって焼け死んでいた、しかし、おれたちもまるっきり無抵抗だったわけじゃない、命令受領のときを利用して、最初は中隊長に、次ぎは大隊本部に後藤の横暴を訴えた、無駄な抵抗だった、全く無駄なことをやったもんだ、大隊からも中隊からも、ついに何とも言ってこなかった、空爆と艦砲射撃に痛めつけられた日本軍は、もうその頃から統制がとれなくなっていたんだ、「後藤を殺してやる」おれたちはごく自然にそう言い合うようになっていった……、

――サゴ椰子をご存じですか。椰子油（コプラ）を採る普通の椰子とは違います。大きな葉は屋根を葺くのに使います。ええ、ニッパ椰子と同じです。実がならないから男じゃないかというので、男椰子とも呼ばれていました。大きいのは直径一メートル以上あります。そいつ

を倒して輪切りにすると、白い芯が綿のようにふんわりしていて、水に晒して繊維質の滓をとります。その沈澱したものが上質の澱粉で、干せば餅のようになります。腹もちがよくて、椰子油で焼いたりして食べます。タロ芋も美味しかったが、わたしはサゴ椰子のほうが美味しかった。もう一度食べたいと思っています……。

土民が残して逃げたそのサゴ椰子を、小隊長の後藤は自分だけ夜食に食っていた、兵隊にはさつま芋の屑、病人だったら芋の葉っぱだ、非常用の米が二百キロもあったというのに、その米も自分だけ食って、兵隊には食わせなかった、いったいどういう神経なのか、いや、神経などはどうでもよかった、豚の神経でも蛙の神経でも構わない、小隊長、下士官、兵はそれぞれ別棟のニッパ・ハウスに住んでいたが、その日は後藤が周期的に訪れるマラリアの熱で引きこもっていた、確か二十年の正月か二月の初め頃だったと思う、食堂に全員が集っていた、「このままでは、おれたちは小隊長に殺される」と富樫軍曹が口を切った、「そうだ、敵と戦って死ぬなら望むところだが、おれたちはこんなふうに殺されるため国を出てきたのではない」小針上等兵がすぐに応じた、「こうなったら、小隊長を殺す以外にない」富樫軍曹がまたあとを続けた、みんな骨と皮に痩せこけて、眼だけが異様に光っていた、異議をとなえる者はいなかった、血判状が用意されていた、天誅を加えるというようなことが書いてあった、わざわざ指を切って血を出さなくても、たいていどこかに傷があったから、そのカサブタを剝がせば血判の用は足りた、富樫軍曹は直接の犯行者として堺一等兵を指名した、彼なら小隊長の当番兵だから、いちばんチャンスに恵まれているという理由だった、予め打合わせができていたらしく、堺は簡単に承知した、富樫軍曹は血判状を強制したわけではない、少し意外な気がしたが、おれはもちろん賛成したし、ほかの者も積極的に賛成した、敵機の銃撃時を利用して撃てばバレないという富樫軍曹の案だった、敵のロッキードは朝礼のように明方やってきて、機銃をバリバリ撃ちまくっていたのだ、

ところが、どういうわけか犯行を決めた日から、敵機の来襲がぱったりとまってしまった、相変らず農園で酷使されながら、緊張した何日かが過ぎた、その何日かの間にも、作業をサボったという理由で炎天下に立たされ、絶食させられて息を引き取った兵隊がいた、もう待てない、と誰もが思った、「薪ざっぽうで殴り殺して、椰子が倒れたことにしよう」富樫軍曹が言った、小針上等兵と堺一等兵がすすんでその役を買ってでた、そして、確かその翌日の未明だった、おれはニッパ・ハウスに寝そべっていた、急にあわただしい声がした、小針と堺が殴りかかったが、失敗した様子だった、殴りそこなって、小針も堺も慌てて逃げてきたらしかった、そこへまた新たな声

がした、富樫軍曹の声で不時点呼の集合命令だった、

――芸者ですか。いい妓もおりますよ。でも、若い妓は芸ができません。踊りどころか、流行歌もろくに知らないのがいます。温泉地ですから仕様がありません。お客さん方も、芸が見たくて芸者を呼ぶわけじゃないんです。宴会が終ったら、しんねこで飲みたいという寸法でしょう。芸者のほうにしたって、同じ寸法の裏返しです。何しろ着物に金がかかるし、余程いい旦那でもいなければ、お座敷だけじゃやっていけません。だからどうしても蔭のお客をとることになります。いえ、こういう一流クラスの旅館では芸者を泊めません。警察がうるさいし、いろいろ面倒なことがあるようですから。話がついたらこの近くの連込み旅館へ行くんです。もとの遊廓があった辺りに、そういう専門の旅館がいくらもあります。芸者も若いうちに稼がないと、年をとったらそうはいきません。一昨日まで旅館の女中をしていたなんてのもいますが、もちろん三味線を弾ける芸者もいます。しかし、芸ができるというのは大体年増ですね。その数も年々少くなると聞きました。

どうぞ、体の向きを変えてください。いえ、そのまま向きを変えるだけで、わたしがあちらへ回ります。

今は暇ですが、秋になると芸者も二百人以上に殖えます。紅葉がきれいで、新緑の頃も素晴しいそうです。あ、痛かありませんでしたか。ええ、ついうっかりしまして、そうで

すか、北支で、……それは大へんだったでしょう。わたしも足をやられてますが、ちょっと触(さわ)らしてもらっただけで、戦傷と普通の傷の区別が分ります。そういうお客さんがよくいらっしゃいます。ここの温泉は傷にいいそうですから、ゆっくり温まってください……。

おれも足をやられた、ベラ島に上陸して間もなくだった、やられたときは熱いという感じしかしなかったが、軍袴(ぐんこ)がたちまち真っ赤に染まった、グラマンの機銃掃射にやられたんだ、貫通銃創で、最初にマラリアに罹ったのもその頃だ、しかし、非常呼集をかけられた頃は、傷のほうは殆ど治りかけていた、おれは栄養失調のふらふらした体で、みんなの後について浜辺に出た、夜明け前だったが、きっと月が出ていたのだろう、浜辺は明るくて、波が光っていた、兵隊は海へ向って一列に並んだ、おれは殴られると思った、殴られるだけでは済まないと思っていた、小隊長の後藤が肩をいからして立っていた、おれはぼんやりしていたらしい、そのとき起ったことがよく分らなかった、後藤が小針の銃をふいに取り上げ、銃を逆さに持って殴りかかった、銃声がしたのはその一瞬だった、後藤の横にいた堺が撃ったのだ、あとで分ったが、後藤のやつは、寝込みを襲った犯人を小針だと気づいたが、堺に対しては油断していたらしい、おれは逃げてゆく後藤の後姿を見た、何人かがそのあとに続いた、おかしな

話だ、おれは今でも後藤の気持が分らない、あれだけ部下を苛めれば、恨まれているると思うのが当り前じゃないのか、

ところが、隊長室に逃げた後藤は、あとについてきた部下に傷の手当てをさせていたんだ、富樫軍曹に言われて、その様子を見てきた兵隊はそう報告した、「生きてるのか」富樫は何度も聞き返していた、小針も堺も興奮していた、みんな興奮していたに違いない、「まずいじゃねえか」富樫が言った、「こうなったら生かしておくわけにはいかない、中隊長や軍医がくる前に殺すんだ、暴発で死んだことにすれば大丈夫だ、責任はおれがもつ」富樫は小針と堺を促して先に立った、そのあとのことは直接おれが見たわけじゃない、富樫たちにくっついていった兵隊に聞いたんだ、後藤はおれたちに作らせたベッドに寝そべって、伍長たちに傷の手当てをさせていた、あの伍長、眼鏡をかけたのっぽの伍長だが、名前は思い出せない、後藤は腹をやられたようだった、彼は富樫たちを見ると、拳銃に手を伸ばした、その手を伍長が抑えた、ある者は足を、あるいは肩を、寄ってたかって後藤を抑えつけ、堺が濡れ手拭で鼻と口をふさいだ、後藤は腹から血を流しながら、かなり暴れて手こずらせたという、

後藤が死んだ、

その話を聞いたとき、おれは同情なんかしなかった、やつの死が信じられない気がして、自分の眼で確かめたいと思ったことを憶えている、夜明けの空がきれいだった

ことも憶えている、しかし、小隊長のニッパ・ハウスから戻った富樫が、そのときおれたちにどう話したか憶えていない、そのときの富樫や小針たちの顔色も憶えていない、そのあと、農園作業はしなかったと思うが、軍医がくるまで何をして過ごしたかという記憶もない、軍医がきたのはカンカン照りの真昼だった、軍医は衛生兵をつれてきたはずだが、軍医の顔も衛生兵の顔も忘れている、憶えているのは、富樫軍曹が軍医に向って凄んでいたことだ、中隊長も軍医といっしょにきていたかどうか、きていたと見るのが自然だろう、とにかく富樫は威勢がよかった、ドスのきいた渋い声で、小隊長の死を暴発によるものと認めなければ、軍医も殺して、全員自決するというようなことを言っていた、敵機の襲撃があればごまかしようもあったろうが、暴発以外に口実がなかったんだ、しかし、おれの記憶も少し怪しい、富樫が最初から事実を話して軍医を脅したのか、それとも、暴発の口実がバレたので軍医を脅したのか、その辺の記憶がはっきりしない、富樫が小隊長の横暴を訴え、みんなが口調を合わせたことは憶えているが、軍医がどんな返事をしたか憶えていない、しかし、結局軍医は承知したんだ、その場に中隊長がいたとすれば、中隊長も承知したに違いない、その証拠に、大隊からも連隊からもその後何も言ってこなかった、小隊長の遺体は砂を掘って埋めた、事件はそれで片づいたはずだった、遺体を埋めるとき、鰐に食わせちまえと言った兵隊もいたが、死体はちゃんと埋めて、しかし、合掌した者はいなかったたん

じゃないかな、
　のんきな日がしばらく続いた、戦争を忘れたような毎日だった、味噌は粉味噌で、野菜も乾燥野菜だったが、米は腹いっぱい食えた、どこに隠してあったのかキャラメルまで見つけたやつがいた、もっとも、急に腹いっぱい食ったので、胃腸がおかしくなって死んだのもいた、全く変な毎日だった、グラマンもロッキードもやってこない、くる日もくる日も寝ては食い、お蔭で少しは元気になったが、そうかといって愉しかったわけじゃない、希望などありはしなかった、だから非常用の糧秣を、構わねえから食っちまえと、どうせ生きて還れない、だから食えるうちに食っておこうと、小隊長代理になった富樫軍曹はそう言ったが、もしあのとき栄養をつけておかなかったら、みんな栄養失調のまま死んだに違いない、命が助かったのは、ほんとにあのときのお蔭なんだ、ほかの隊の連中はバースランドへ移ると次ぎ次ぎに倒れてしまったからな、あれは四月だったか五月だったか、いよいよ最後の決戦だというのでバースランドへ移ったのは、あれは確か四月の……、

　――リンゴの花は五月です。五月末から六月ですね。白いきれいな花がひらくそうです。今は小枝を剪定しているところでしょう。大きく実らせるために、花も適当に摘んでしまうそうで、花よりリンゴなんて、これが洒落にならないから厭になります。ええ、ベラ島

でも花は咲いてました。赤とか紫とか、そういう毒々しい色で、花の名前は知りません。動物はやはり鰐でしょう。湿地帯の、海水と川の水がまじるようなところにうようよしていました。ハンドバッグになるような可愛いやつじゃありません。四メートル以上のが肩をぶっつけ合っているんです。人間なんかパクッと一呑みですね。パクでおしまいです。もち蜥蜴もずいぶん大きいのがいましたけど、土民がいちばん怖がっていたのは鰐です。もちろん兵隊も鰐には気をつけていました。敵弾より鰐の方が怖い。弾というのは、戦友がやられたりして普段から見馴れています。当り所が悪ければ死にますが、戦争で弾に当るのは仕様がありません。名誉の戦死です。ところが、鰐と戦争は関係がないでしょう。だから怖いんですね。いくら戦陣訓を叩き込まれていても、鰐に食われる心構えはできていません。ベラ島の鰐の口は、ちょうど人間を呑み込む大きさでした……。

おれはつまらないお喋りをしている、多分、事件のことを話したくないからだ、しかし、話したっていいじゃないか、今さら別にどうという話ではない、腹がへったから上官を殺した、それだけのことだ、人間は腹がへったら強盗でも殺人でも何でもやる、強姦なんてのは贅沢な犯罪だ、あの島では女のことを考えなかった、全然考えなかったわけじゃない、頭のどこかに女の白い肌がのしかかっていて、むしろそれが離れなかったくらいだ、死ぬ前に、一度でいいから抱きたいとも思った、しかし、それは飽くまでも頭の中で、実際の欲望を伴ったものではなかったということだ、ベラ島で食えるようになっても、その欲望にまで達しないうちに、ダイハツでバースランドへ移され、そしてまた腹ぺこの生活に逆戻りさせられたのだから、厭だ、厭だ、バースランドもひどい島だった、決戦準備といっても、武器や弾薬をくれたわけじゃない、ベラ島に上陸したときからろくな武器もなかったが、バースランドに移って間もない頃、連隊から叺が届いたことがある、中隊の准尉が叺をあけた、叺には米が入っているはずだった、ところが、入っていたのは石ころだった、叺を運んできた兵隊は殴られる覚悟をしているようで、今にも泣きそうな顔だった、運んでくる途中、部隊を離脱した友軍の街道荒らしに遭って、中身を詰め替えられたというのだ、軽機を突きつけられ、抵抗のしようがなかったという、だったら連隊へ引返せばいいものを、わざわざ命令通りに石ころ入りの叺を運んできたのだ、中隊長はその兵隊を殴らなかったが、受領印を断って追い帰した、ばかな話だった、いかにも日本の軍隊らしいばかな話だった、その一事で、おれはバースランドの陸軍が駄目になっていることを知った、それまでは念仏みたいに聞かされていた必勝の信念があったけれど、吹けば飛ぶような神頼みの信念で、それ以後あっさりと信念が消えた、しかし日本が負けると思っても、戦争は依然つづいていた、カロミラに上陸して飛行場をつくった米軍は、これはあとで知ったことだが、バースランドを濠州軍に任せ、いわゆる蛙飛び作戦というやつで、バースランドやラバウルを素通りしてサイパン、グワムの日本軍を全滅させ、内地を直接空襲していたのだから、ベラ島に対する空爆や艦砲射撃がやんだのもそういう事情で、つまり相手にされなくなったというわけだった、

しかし、バースランドはもともと濠州領で、濠軍は空爆のほかに、獰猛な土人部隊をつくって攻撃した、大隊長が戦死し、中隊長も戦死した、兵隊はもっと多勢戦死した、腹ぺこの栄養失調で、赤痢やマラリアで死んだ者も少くない、おれのいた隊でも、僅かな間に半数以上が洗濯板みたいに痩せて死んだ、その頃は小隊単位ではなく中隊ごとにまとまっていたが、中隊といっても二十人前後に減って、後藤を殺した事件は暗黙のうちに忘れ去られたようになっていた、そんなことより、たとえ野鼠でも、そいつを捕えるほうに血まなこだったのだ、土人が人肉を食うという噂を聞いたせいかもしれないが、おれは痩せこけた自分の腕を眺め、片腕失ってもいいから焼いて食ったらうまいだろうかと考えたことがある……、

——敗戦は八月十五日に知りました。無線をやっていた兵長が内地の放送を聞いたんです。同盟通信の海外放送だったと思います。電池が切れたので手動式の発電器をつくって、わたしたちはその情報がいちばんの頼りでした。たとえ大本営の発表がいい加減でも、大

局を知る方法はほかにありません。濠軍はしきりに降伏勧告のビラを撒いてましたが、もちろんそんな物を信じるわけにいきません。バースランドでは、いったいどこがどうなっているのか、総攻撃といっても勝算があるのかないのか、自分たちが腹ぺこで、命令された地域を守っているということしか分らなかった。そして、椰子を見つけたって攀上る力もないくせに、きょうか明日かという具合に総攻撃の命令を待っていたんです。敗戦の噂はすぐみんなに知れ渡りました。噂が流れる前から、翼に「日本無条件降伏」と書いた濠軍の飛行機がジャングルすれすれに旋回して、同じような文句のビラも撒き散らしていました。敗戦の噂に対して、兵隊の受取り方は、本当だと言う者とデマだという者が半々でした。大隊本部に連絡を出しても真相が分りません。日本軍に降伏という文字はない、最後の一兵まで死を賭して戦う、両手両足を失ってもなお敵の喉笛に食いついて戦えと言われていたんです。無線がなくて海外放送を聞けなかったら、わたしも敗戦を信じなかったでしょう。しかし無条件降伏の意味が分らないで、敵も味方も無条件で戦争をやめたのだとか、だったら降伏じゃなくて戦争中止じゃないかとか、そんなことを真剣に議論し合っていました。肝心の無線がポンコツで、その後の放送もよく聞えなかったんです。ポツダム宣言というのも何のことか分りませんでした。ただ、確かに負けたらしいと感じたのは、それ以来濠軍の攻撃がぴったりやんだことです。

連絡将校が敗戦を知らせてきたのは数日後でした。まだ若くて、師団司令部の将校だったと思います。堪え難きを堪え忍び難きを忍びという、これは終戦の詔書の言葉ですね。これを何度も繰返して、日本は戦争に負けたわけじゃない、国体護持のために負けたふりをするだけだ、軍は捲土重来を期している、二十年後には必ず再起して鬼畜米英に復讐してやる、だから軽挙妄動を慎み、軍律を紊すことなく有終の美を全うせよというようなことを言ってました。悲痛な声でしたが、食うや食わずの兵隊にはあまりピンとこなかったんじゃないでしょうか。正直なところ、わたしなどはようやく戦争が終ってくれたかという気持でした。内地では将官が自決したり、徹底抗戦の動きがあったそうですけど、バースランドにいた兵隊の多くは、わたしと同じ気持だったと思います。連隊に集ったときも同じことを聞かされましたが、泣いたり喚いたりする者はいませんでした……。

でも、軍旗が焼かれる光景を見たときは、何とも言えない気持だったな、感傷的になっただけかも知れないが、胸の奥がジーンと熱くなった、軍旗はいかなる軍人の命より重い、軍旗を焼くときは玉砕するときだと聞かされていた、その軍旗が焚火にくべられるなんて、おれは連隊長の訓示を聞きながら、やはり悲壮な気持だった、連隊旗手は泣いているように見えた、妙に静かだったことを憶えている、焚火の音がパチパチ聞えていた、連隊長以下、将校たちは軍旗に向って敬礼していた、兵隊も敬礼していたと思うが、おれは自分のことを憶えていない、ぼろぼろの軍旗が炎となって燃え上った、これで一巻の終りか、おれのうしろで呟く声がした、自嘲的だが、ふざけた声ではなかった、戦争に負けたんだ、本当に戦争に負けたんだ、おれはしみじみとそう思った……、

——いえ、わたしたちはブマイではありません。カロミラに集結しました。そこで武装解除です。将校の軍刀以外は全部没収され、海岸に山積みされた銃器類は、濠軍の手で沖合に捨てられたと聞いています。別に騒ぎは起りませんでした。濠州兵は割合紳士的で、理由もなしに殴るようなことはなかったし、ちゃんと給食もしてくれました。

しかし、ひどい濠州野郎もいたな、使役に駆り出されるのは仕様がないが、青酸カリをまぶしたパンを食わされて死んだ兵隊が二人もいる、腹がへっていたから、少しくらい苦くても夢中で食ってしまったのだろう、もっとも濠州兵にしてみれば、いくら日本軍が降伏しておとなしくなったって、バースランドに限らず、マレー半島やニューギニヤでも肉親や友人を多勢殺されているのだ、そう簡単に憎しみが消えるはずがない、それにしてはやはり紳士的だったというべきじゃないのか、戦闘中は、お互

いにずいぶん残虐なことをしてきたのだ、彼らは無知で、アルファベットもろくに書けないようなのが多かったが、青酸カリ入りのパンを食わせた奴は例外に違いない、とにかく奴らがくれたオートミルやパンのお蔭で、おれたちは命が助かり、無事に日本へ帰れたんだ、そう文句を言えた筋合いじゃない、

——わたしがフーフー島へ移ったのは二十年の十月でした。

厭だな、また話が戻ってきた、

——ええ、無人島だった小さな島です。降伏してカロミラやブマイに集結した日本兵は、帰還船がくるまでその島へ送られていました。もちろん将校もその前に軍刀を取上げられて、みんな丸腰です。俘虜ですからね。着のみ着のままならいいが、フンドシ一丁なんてのもざらにいました。煮しめたようなフンドシ一丁では将校もサマになりません……。そうです。濠軍の諒解を得て、秩序維持のため軍隊組織はそっくり残されていました……。

どうも厭だ、話を変えてもらおう、

——肩より首が大分凝ってますね。お仕事で頭を使い過ぎるんじゃありませんか……。ここはどうですか。ここが凝ってるのは睡眠不足のせいです……。

どうしたんだろう、全然返事をしなくなった、眠ってしまったようでもないけど……、

——外へ出たら変なバーに気をつけてください、性質（たち）の悪いのがいるようですから。店先に厚化粧の女が立って、ちょいと寄ってらっしゃいなんて呼込んでいるのは危険です。この間なども、ビール三本で二万円とられたというお客がいましたけど、こういうのは警察に訴えても駄目だそうです。引っかかるほうがばかで、引っかけるほうが利口だというんですね。ビール三本といっても、ほかに女が勝手に飲み食いしてますし、お客さんのほうは女の胸に触ったりしているので、値段を聞いてびっくりしても、向うはやくざがついているから敵いません。金がなければ旅館までくっついてきます。ヌード・スタジオなんてのもありますが、温泉地はどこも同じようで、風紀のいいところじゃありません……。

どうしたのかな、まあいいや、黙っていてもらったほうがこっちも気が楽だ、この

気まぐれな客のお蔭で、久しぶりにフーフー島を思い出した、今になってみればあの島も懐しい、フーフー島の濠軍指揮官だったブラウン大尉、あいつはまだ元気だろうか、赤ら顔の陽気な太っちょで、おかしな日本語で誰彼かまわず話しかけていた、おれたちものんびりして、給食が足りないから農園を作ったり、濠軍の使役に駆りだされたりしてはいたが、たとえ敗戦でも、戦争が終ってどんなによかったと思ったか知れない、降伏したらさぞひどい目に遭わされるだろうと覚悟していたから、俘虜生活の僅かな間に、二十年後の復讐とか捲土重来なんて文句はあっさり消えて、演芸会はいつも爆笑の渦だったし、復員後の生活に備えるため、社会学とか経済学とか、大学の講師をしていたという補充兵などが先生になって、そういう勉強会があちこちで熱心に行われていた、祖国へ帰れると分って、みんな、ようやく希望を抱き始めたのだ、だからおれ自身も、ベラ島で起こった事件のことは忘れたつもりでいた、それを堺のばか野郎が、何てばかだ、全く、

――え？　わたしは何も言いませんが。いいえ、何も言いません。

今度は俯伏せになってください。

決議文？　根岸さんに聞いたんですか。そういえば、そんなことがありました。でも、そう大げさなものじゃありません。フーフー島は島全体が俘虜収容所みたいなものですが、

戦争に負けたというので、将校に対する不満がでてきたわけです。濠軍の管理が放漫で、よく言えば寛大ですが、日本軍の組織をそのままにしておいたのもまずかったと思います。兵隊にしてみれば、召集令状一枚で地球の果てみたいな南洋の島に引っぱってこられ、上官の言いなりに戦ってきた、もちろん死ぬ覚悟で、実際に死んだ戦友が多勢いる、みんな軍の責任じゃないか、それなのに負けたあとも、将校は相変らず将校づらでふんぞり返っている、敗戦と同時に軍隊はなくなったので、俘虜は全員平等じゃないか、という気持ですね。それで一部の者が決議文をつくって、中隊長を選挙制にしろとか、上官に対する敬礼や敬称を廃止しろという要求をしたわけです。軍司令官以下佐官以上の高級将校はすぐ近くの将校島、将校島というのは無名の島だったので勝手につけた名前ですが、その将校島に収容されていたので決議文の対象になりません。フーフー島は十いくつかの区域(エリア)に分れて濠軍に管理されていました。その各エリアに中隊長が何人かずついて、編成替えはありましたが、ちゃんと小隊長も分隊長もいました。そして中隊長や小隊長には当番兵がついていたんです。だから当番兵を廃止しろという要求もありました。一種の民主化運動です……。

その先頭に立ったのが堺だった、ベラ島ではいつも後藤に殴られてデコボコになっていたくせに、どういうわけか急に威勢がついて演説をぶち歩き、そのあとを小針がついて回る有様だった、小針のほうが一階級上だったのだからおかしい、馬場や根岸も同類で、決議文をつきつける運動はほかの中隊へも広がっていった、

　こうなったら喋ってしまうかな、もともと隠す理由などなかったんだ、黙っているほうが厭になってきた、しかし……しかしどうするかな、

　堺も小針も、いったいどういう気だったのか分からない、後藤を殺したことをそんなにきれいに忘れていたのだろうか、堺は小心な男だったはずだ、大学を出ているが、特に学問があったとも思えない、応召前は銀行員で、いつもびくびくと後藤の顔色をうかがい、そしていつもぶん殴られ、無口で、陰気なつらをして、しかし、後藤を殺すときは彼が発砲した、濡れ手拭で後藤の息を止めたのも彼だったという、つまり、それほど彼は後藤を恐れ、このままでは自分が殺されると思っていたのだ、彼の犯行動機は憎しみより恐れだったに違いない、だから富樫軍曹に唆されなくても、犯行のときは彼がいちばん必死だったはずだ、富樫軍曹が軍医を脅して事件を揉消したが、もし本当に小心なら、それで安心できたとは考えられない、その後も決して勇敢な兵隊ではなかったが、俘虜になってから、中隊長に決議文をつきつけた彼は、まるで革命運動の闘士のようだった、よくひびく声で、胸を張って、顔つきまで違ってきた、どうも分からない、

　分からない点は小針も同じだ、彼は会社員の伜（せがれ）で、中学を卒業している、若いから血

の気も多かったのだろうが、案外要領のいい面もあって、富樫の腰巾着みたいになっていた、あるいは要領がいいようで、実は軽薄なだけだったかもしれない、そうでなければ、小隊長殺しの先頭に立つ必要はなかったろうし、敗戦後も、それまでばかにしていた堺の尻馬に乗る理由はなかったろう、先を見越すほどの才覚はなく、オッチョコチョイでのぼせやすい性質なのだ、だから取返しのつかないヘマをやってしまった、

大体、選りに選ってこの二人が決議文の何のとやらなくても、民主化運動はほかのエリアで起こりかけていたのだ、

この二人に較べれば、軍隊生活の長い富樫はさすがに情勢を見ていた、彼は農村出の、威張りたがる軍曹だったが、戦場では部下の心理をうまくつかんでいたし、敗戦後はひっそりして、堺などの尻馬に乗らなかった、だから事件の発覚は、彼としてはとんだ飛ばっちりだと思ったろう、馬場も飛ばっちりの被害者だ、

しかし名前を忘れたが、何とかいう准尉も感情に走り過ぎていた、その日のことはよく憶えている、おれは准尉について、濠軍が管理している倉庫へ配給の小麦粉をもらいに行った、ほかに根岸がいっしょだった、ところがその帰り道だ、堺と小針に会った、「きさま――」小針が准尉に言った、「また将校だけでうまいことをやるつもりだろう、そうはさせないぜ、堺の言うとおりにしろ。さもなければ戦犯で密告してや

る」小針は強引に、小麦粉を砂と詰替えさせた、麻袋を用意していたところを見ると、彼らは待伏せていいたに違いなかった、たとえ弱味がなくても、戦犯問題に巻込まれることは誰もが恐れていた、日本軍はあちこちで土民を殺していたから、戦犯容疑でひっぱられたら、土民の印象次第で戦犯にされかねなかった、やがて容疑が晴れるとしても、帰国の時期が遅れることは間違いない、おれも根岸も黙っていたが、准尉は怯えたらしく、その場は堺と小針の言うなりになった、

しかし、准尉は時間が経つにつれて我慢しきれなくなった、准尉は下士官と将校の中間の曖昧な立場で、どっちかと言えば将校のうちに入らない、それなのに脅し文句の濡れ衣では、腹が立つのも無理はなかった、ベラ島の上官殺しを憲兵隊に告発すると言いだした、堺たちの決議文なども腹に据えかねていたに違いない、その准尉は堺や小針のように頭の切替えがうまくできない律義な男で、敗戦を知ったときは涙を流し、俘虜の屈辱感に馴合えないでいた、おとなしいが一本気だった、おれがやめさせようとしても駄目だった、根岸も巻添えを恐れて一生懸命宥めようとした、しかしやはり駄目だった、

准尉はベラ島の上官殺しを憲兵隊に告発した、その事件は表沙汰にならなかっただけで、軍医の口などから多くの者に知られていたのだ、

やはり喋ってしまうかな、どうせ根岸が喋ったあとだ、黙っていると、却って変に

思われる、疚しくないのに疚しそうに思われる、

——密告者ですか。さあ、誰だったでしょう。根岸さんが話しませんでしたか。わたしも名前は忘れました。個人的感情があったかもしれませんが、民主化運動のいざこざを調査にきていた憲兵に、誰かがベラ島の事件を訴えたんです。憲兵は二人でした。おとなしい憲兵で、憲兵といっても俘虜ですから、丸腰の憲兵です。いえ、警察権があったかどうか知りません。とにかく軍隊組織はそのまま残っていたし、収容所生活の自治ということで、濠軍の諒解を得ていたのだと思います。喧嘩とか窃盗とか、窃盗事件は将校島でもあったと聞きました。だから、やはり憲兵は必要だったのでしょう。小針上等兵が最初に調べられ、わたしも調べられました。小針さんは簡単に自白したそうです。彼は、戦争に負けたのだから陸軍刑法もなくなって、戦地で起った事件はもう問題にならないと思っていたようです。まさか軍法会議にかけられるなんて考えなかったらしい。それであっさり喋ったんですね。でも、堺一等兵は少し違っていました。小針さんが喋ってしまったし、どうせ隠しきれないと思って自白したようですが、裁判のためにみんなより早く内地へ還れるとわたしに言っていました。帰国順位は病人が一番先で、富樫軍曹も同じですが、しきりに病院船に乗れるかどうか気にしていました。軍法会議ではなく、内地の普通の裁判所

で裁判されると思っていたらしいのです。早く帰国したいいっしんで、裁判を甘くみていたに違いありません。富樫軍曹には妻子がいました。堺さんもおくさんがいます。捕ったのは富樫軍曹、小針上等兵、堺一等兵、それから馬場一等兵と、名前を忘れましたがあと二人います。手錠も縄もかけられないで、すぐ近くの将校島へ送られました。そのときは証人としてわたしもいっしょです。

富樫に脅された軍医もいっしょだったろうか、憶えがないな、あの軍医は戦死したような気がするが、思い出せない、伍長は確かに戦死した、おれの眼の前で血だらけになって死んだ、隊長室で後藤の息をとめるとき、手足を抑えた者がまだ三、四人いるはずだが、そいつらも戦死していたようだ、しかし、根岸はそのときの仲間に入っていたかどうか憶えていないが、憲兵が調べにきたときはうまい具合にマラリアの発作で、将校島へはついてこなかった、

――六人とも自白していたので、軍法会議は割合簡単に終りました。会議のメンバーは憶えていません。憲兵隊長は戦犯容疑で別のところに収容されていたはずで、その場にいなかったと思います。富樫さんたちは後藤小隊長の横暴ぶりを非難し、大隊本部や中隊長に訴えたことも話しました。ニッパ・ハウスの中で、軍法会議とか裁判とかいう雰囲気じゃありませんが、被告の六人は少しも悪びれた様子などなく、わたしも証言を求められたので、懲罰のためドラム罐にぶちこまれて焼け死んだ兵隊や、炎天下に立たされて死んだ

戦友のことなどを話してやりました。小隊長の死は当然の報いです。犯行に直接加わらなかったわたしの殺意も含めて、富樫軍曹たちのやったことは正当防衛だったと思います。あの残忍な小隊長をそのままにしておいたら、もっと多くの犠牲者がでたに違いありません。わたしも生きて還れたかどうか分らない。小隊長の横暴を知りながら、それを放任していた大隊長や中隊長にも責任があります。さらに言うなら、補給もできないような南方の島へ、勝算もなしに兵隊を送りこんだ軍の上層部に責任があるでしょう。兵隊は戦争が好きで征ったわけじゃありません。金のためでも勲章が欲しいためでもありません。たとえ厭々ながらでも、祖国を信じ、命を投げだして戦ってきたのです。その命は、たった一つの命で、犬ころのように死ねる命ではありません。

日本は戦争に負けました。部下に、俘虜になるくらいなら自決しろと命じていた高級将校まで、おめおめと俘虜になり、濠軍の給食で生き長らえていた。そんな連中に、果して戦争中の事件を裁く資格があったかどうか疑問です。軍法会議は判決を下しました。

富樫軍曹、死刑です。

小針上等兵、死刑です。

堺一等兵、死刑です。

馬場とあとの二人は無期懲役でしたが、その三人は体が弱っていて、内地へ還る前に亡くなりました。フーフー島で、小針さんや堺さんが配給の小麦粉を掻っ払ったのは確かによくない。決議文や民主化運動も裁判官の心証を害していたでしょう。しかし罪名は上官殺害です。わたしはいまだに割切れません。

聞いているのだろうか、黙ってしまったが、聞いてくれているのだろうか、判決のとき、おれは外に出されたから、死刑を言渡されたとき富樫たちがどんな顔をしたか知らない、しばらくして、おれは憲兵に呼ばれて判決の内容を聞いた、

――わたしは処刑に立会いました。判決のあった日の夕方でした。わたしが立会わせて欲しいと頼み、富樫さんたちもそれを望んだのです。検察官は、最後の面倒をみてやれと言って許してくれました。検察官は少佐だったと思います。経理部にいた少佐で、名前は憶えていません。

富樫さんは声を震わせ、小針さんも堺さんも、こんな無茶な裁判があるかと喚いて、憲兵がしきりに宥めていました。わたしは宥めようがありません。そのうち、憲兵が濠軍から拳銃を借りてきました。執行の時間が迫ってきたのです。富樫さんたちは急に静かになりました。

いや、静かになったのはもっと後だ、憲兵が何か食いたいものはないかと聞いた、

飯を食いたい、と富樫が言った、ほかの二人も真似るように飯を食いたいと言った、しかし、収容所に米はなかった、憲兵が一本のバナナを持ってきて三つに切り、これで我慢してくれと言った、三人は首を振った、別の憲兵がパンを持ってきた、僅か一片だが、その憲兵自身のパンらしかった、三人はやはり首を振った、どうしても飯を食いたいと言い張った、駄々をこねている子供と同じだった、そうやって執行を引延ばしていれば、死刑にされないで済むという期待を抱いたのかもしれない、憲兵は困りきった様子で、また一人が出て行った、今度はなかなか戻らなかった、やがて、「濠さんに頼んでようやく米を見つけたが、虫が食っていてみんな水に浮かんでしまう、こんな飯しか炊けなかった」そう言いながら戻ってきた、小さな鍋に、お粥のような飯が湯気を立てていた、三人が静かになったのはそのときからだった、おれは、彼らが哀れでたまらなかった、

――処刑される前に、三人は米の飯とパンを食べました。それからバナナも食べました。ただしほんの少しずつです。三人はゆっくりと無言で食べました。処刑場は低い丘の蔭の砂浜でした。その砂浜へ、彼らは黙って歩きました。最後に目隠しをされましたが、縄はかけられません。体は自由なままでした。わたしは遺言を聞こうとしました。富樫軍曹は妻子がいたし、堺さんには妻が、小針さんには両親がいました。富樫軍曹は何も言いません。ぼんやり海のほうを眺め、両眼に涙をためていました。海のずっと向うには祖国日本

があります。おそらく、その涙が遺言でした。

海の向うには祖国があって、妻と子供が彼の還る日を待っていたのだ、無事を祈りながら、夫の還りを、父の還りを待ちわびているはずだった……、

――堺さんは辞世を残しました。「草まくら――」彼は眼を閉じて、呟くように言いました。「草まくら旅にし居れば苅薦(かりごも)の乱れて妹に恋ひぬ日はなし」万葉集の歌だそうです。わたしはおくさんの写真を見せてもらったことがあります。きれいなおくさんでした。結婚して、一年足らずで召集されたのです……。

おれは彼との約束を果していない、あんな哀れな死にざまを、どうして彼の女房に伝えられるか、おれは彼の家の前まで行って、決心がつかずに通り過ぎ、それっきり訪ねていない、

――小針さんは泣いていました。涙をぼろぼろこぼし、しゃくり上げていました。遺言はありません。奥歯を嚙みしめて泣いているようでした。まだ二十二、三歳だったと思います。野球の選手になりたかったと言っていたことがあります。

富樫を真ん中にして、やや離れて三人が正坐した、それから目隠しをされた、憲兵が三人の前に穴を掘った、砂が崩れて、なかなかうまく掘れなかった、

海が夕日に染まっていた、赤い大きな夕日だった、

憲兵が三人の後に立った、「手を寄越せ、手を寄越せ――おれたちは一緒だぞ、おれたちは一緒だぞ――」富樫が両手を左右に伸ばし、嗄れたような声で叫んだ、

富樫の手を、堺と小針が左右からつかんだ、互いに堅く握りしめたようだった、憲兵将校が執行の合図をした、三人の後頭部に向っていた銃口が一斉に鳴った、三人とも即死だった、のめるように穴に落ちて、落ちた恰好のまま埋葬された、その作業の間、憲兵たちは、だれも、ひとことも口をきかなかった、海がだんだん暗くなり、やがて、波の音しか聞えなくなった……、

――わたしは生きて還りました。あの島のことを思うと、生きて還れたのが不思議な気がします。遠いむかしのように思うこともあれば、つい昨日のように思うこともあります。眼は見えませんが、こうしてお客さんの肩を揉ませて頂いていれば、食べてゆくくらいは心配ありません。夢ですね。あの島のことはみんな夢です。わたしは忘れようと思ってい

ます。

しかし、どうして忘れられるものか、忘れられないから話してるんじゃないか、あれから二十五年も経つが、ばかな戦争があったと言って、そう簡単に忘れられるものじゃない、多勢の兵隊が死んでいるんだ、敵も多勢死んだろうが、こっちは腹ぺこつづきの負け戦だ、仏さんは浮かばれやしない、厭だ、厭だ、兵隊さんは厭だ、そんな文句の歌もあったけど、今の若い奴らに聞かせたって、全く、分ろうともしやがらねえ、さて、家へ帰って飯でも食うか、

――どうも、お粗末さまでした。つまらないお喋りをしましたが、お忘れになってください。いえ、わたしは歩いて帰れます、馴れてますから。すぐ近くなんです。

――ほかに見るような所ってありませんね。男女混浴の露天風呂がありますけど、年寄りと子供しか入っていないそうです。ご退屈なら、こういう雪の晩は芸者さんとさしで飲むのも結構に思いますが、……そうですね、せっかく呼んでも、どんな妓がくるか分りません。とすると、やはり炬燵に入って、雪見酒というあたりが無難かも知れません。

三味線が聞えるな、柳なよなよ風まかせか、いい声だけど、あれはだれの声だったろう……。

あとがき

本篇は「中央公論」（昭和四十四年十一月号〜同四十五年四月号）に連載されたものに若干の筆を加えた。素材となった事件は存在するが、あくまでフィクションとして書いたので、誤解を避けるため架空の地名を随所に用いている。

連載中、昭和生れで戦場体験のない私がこのような作品を書くに至った理由についてしばしば質問をうけたが、私は昭和二十七年のいわゆる講和恩赦の際、恩赦事務にたずさわる機会があって厖大な件数にのぼる軍法会議の記録を読み、そのとき初めて知った軍隊の暗い部分が脳裡に焼きついていた。それと、私自身戦争の末期に海軍を志願してほんの短期間ながら軍隊生活を経験したことが執筆の動機になっている。取材に当って痛感したことは、戦争の傷痕がまだまだ多くの人の胸に疼いており、国家がその責務を顧みないでいることである。『敵前党与逃亡』における一軍曹の場合は実際に問題となっている一例に過ぎない。最近の新聞によれば、敵前逃亡を理由に処刑された者の遺族にも年金と弔慰金が出るように法律を改正するというが、しかし、正当に裁判がおこなわれたことを示す判決書もないまま、逃亡兵の汚名は依然消えず、遺族の心が癒やされる道も閉ざされている。

敗戦後すでに二十五年経ち、私は自分の怠惰を忘れ、さながら本篇を書く時機を待っていたように錯覚しかねない世相だが、戦争の体験者よりむしろ現代の青年たちに読んで欲しいと願っている。

なお、取材にご協力いただいた多勢のもと軍人、遺家族の方々に感謝するとともに、戦没した兵士に哀悼をささげたい。

昭和四十五年初夏

著　者

著者ノート

第二巻の「ノート」で編集者との出会いについて触れたが、本篇〔『軍旗はためく下に』〕もまたある編集者がいなかったら執筆の機会を逸したにちがいない。いかにも自主性がないようだけれど、当時、私は推理小説を書きだしてから一〇年ほど経っていた。そこへ「中央公論」の塙嘉彦氏が訪ねてきて、軍法会議のことを小説に書かないかと言われた。数年前に知合ったとき私が軍法会議のことを話したらしく、それを憶えていたのである。

しかし、私が塙さんに話したのは、自分で小説に書きたいという意味ではなかった。昭和二七年に講和恩赦がおこなわれた頃、病後の私は東京地検の保護課というところにくすぶっていて、恩赦事務のため厖大な件数にのぼる軍法会議の判決書を読んだ。明治二年に軍法会議開設以来敗戦まで約四万数千件、日中戦争（支那事変）以後だけでもおよそ二万数千件あって、それらの判決書はかつての軍管区ごとに各地検に保存されているが、外地の判決書は大半が東京地検に引継がれていた。それで、私はそのような資料を地検の倉庫に眠らせておくのは惜しいという意味のことを話したつもりだった。

私は塙さんの依頼を辞退して、もし小説にするなら戦場を体験された作家が適任であろうし、そのときは協力を惜しまないと言った。

ところが、塙さんや当時の「中央公論」編集長粕谷一希氏と話し合いを重ねているうちに、書かねばならないという義務感のようなものが湧いてきた。時代に対する義務感と、自分の経験に対する義務感だった。私は時代感覚が鈍くて、いつも遅れがちに歩いているが、前方を歩いていた時代というものが逆戻りしてくれれば、否応なしにぶつからざるをえない。軍法会議、あるいは戦争というものが遠い過去になったと思っていたのに、それが時代とともに逆戻りしてきた感じだった。私は戦場の体験がないが、中学生だった戦争の末期に海軍を志願し、間もなく病気のために帰郷させられたけれど、とにかく志願した時点において国家に命を捧げたということは確かで、そう考えれば、召集令状一枚で駆出され、虫けらのように死んだ兵隊たちの運命に自分をなぞらえることも不遜ではあるまいと思った。軍法会議の記録を読んで初めて知った、軍隊の暗い部分も脳裡に焼きついていた。あの多勢の兵隊たちは、いったい誰のため何のために死なねばならなかったのか。戦後のわが国は経済大国を謳歌し、オリンピックで浮かれ万博で浮かれ、その一方では自衛隊を強化しながら、遺骨は戦野に野ざらしである。私は自分の怠惰を忘れ、まるで本篇を書く時機を待っていたように錯覚しかねない世の中がきていることに気づかないわけにいかなかった。戦争の指導者らはついにその責任を取らなかったし、戦後の政治を担った者たちもその責務を怠りつづけている。外地における軍法会議は軍規維持を名目にほとんど下士官と兵隊のみを処罰しているが、私は記憶に残っているそれらの中から死刑にあたる罪名を選び、そして中国からソロモン諸島にいたる日本軍の戦跡を追うことにした。腐敗した高級将校と悲惨な兵士の有様に普遍性を与えたかったのである。ここに書いたような事柄は、局地的に起った例外ではないのだ。戦友会や憲兵の新年宴会にまで同席させてもらって取材したが、そのたびに痛感したことは、戦争の傷痕がまだまだ多くの人の胸になまなましく生きていることだった。グワム島やルバング島の生存兵士の例が示すように、戦後は決して終っていない。恥ずかしい話だが、被害を加えた中国や東南アジア諸国に対しても戦後は終っていないのである。

一連の作品に聞き書の形式を用いたのは、戦場体験のない私がリアリティを持たせるための窮余の策で、また、誤解を避けるため架空の地名を随所に用いた。

本篇は『中央公論』(一九六九年一一月号〜翌年四月号)に連載された。

(『結城昌治作品集5』 朝日新聞社一九七三年一一月)

自作再見

「軍旗はためく下に」を書いてから二十年経った。久しぶりに再読してみて、ずいぶん長い年月が過ぎ去り、世の中はすっかり変わったが、日本という国の本質はすこしも変わっていないのではないかと思った。もう、どうでもいいような、どうでもよくはないような、とてもへんな感じがした。

この小説を書くにいたるいきさつについては何度も触れる機会があったので重複を避けるが、それまではエンターテインメントと呼ばれる分野に仕事を限定していたし、その枠外へ出る気はまったくなかったから、いざ書く段になっても当惑の中にいた。戦地の軍法会議で陸軍刑法に違反したため処刑された兵士たちの実相を探るなどということは、興味本位で書けるわけがなかった。それに、小説を書く場合、社会的責務などは無用のはずで、戦地へ駆り出された一兵士にとって国家とは何かなどということも私が考えるべき領域を越えていた。

しかし、厖大な件数にのぼる軍法会議の判決書を読んでいる物書きは私以外にいなかったし、私自身が戦争の末期まだ中学生だったけれど海軍を志願したことも執筆の動機になっている。武山海兵団に入ったものの実際はわずか一週間で病弱を理由に帰郷命令をうけたが、とにかく死ぬつもりで志願したことは確かで、このことは取材の際にも大きな役を果たした。

はじめ、旧陸軍の兵士たちのなかには私に対し冷たい態度を示される方がいて、「戦場体験のない者に何が分かるか」「多くの戦友をうしない、ネズミやトカゲまで食いあさって生還したわれわれの話を飯のタネにされてたまるか」という意味合いのことをあからさまに言う方もいたが、私が志願した話をすると、たいてい納得してくださった。取材に応じてくれた時点において、すでに吐き出したいものが胸にたまっていたのだと思う。

事実とおぼしいものを積みあげて真実に迫るのがノンフィクション作家の立場とすれば、フィクション（虚構）から真実に近づいてゆくのが小説を書く側の立場で、聞き書きの形式をとったのはリアリティを得るための窮余の策だったけれど、事件を重層的に捉えるうえで案外なはたらきをした。どのように書かれても死者の魂が鎮まるとは考えられないが、この小文の冒頭で再読後の印象を「へんな感じがした」と書いたのは、作中人物を悼むような思いを味わったのだ。

やはり年月が経ったということか。

いずれにせよ、戦争を知らない人たちに読んで欲しいという気持は執筆当時も今も変わっていない。回顧的に読まれたって仕方がないので、ここで扱った敵前逃亡などの事件は中国大陸からビルマ、フィリピン、ソロモン諸島にまでおよぶけれど、それらの国々と経済成長を遂げた日本は無縁であり得ないし、ある旧日本軍兵士が「もう忘れたい、思い出したくない」と言っていたが、これからはむしろ戦争を知らない世代の人たちが同じ言葉を嚙(か)みしめるようになるかもしれないのである。

戦争は四十五年前に終わった。

しかし、戦後はいつ始まっていつ終わったのか。戦後なんて始まりさえしなかったのではないかと私は疑っている。都会に林立する高層ビル群が、終戦直後の焼け跡のかげろうのように見えることがある。

（「朝日新聞」一九九〇年七月八日朝刊）

解説

五味川純平

軍隊は一見一般社会とは別世界のように見えるが、その実、一般社会の縮図を構成しているに過ぎない。一般社会の矛盾を濃縮して内部に温存しているか、あるいは、ときによっては、鋭角的に露出する。法と人間との関係が一般社会でもそうであるように、陸軍刑法は（海軍刑法も同じことだが）、下級者ほどいじめられるように出来ている。上級者の行為は刑法に抵触しないという前提に立っているかのようでさえある。無論、各級司令官といえども罰せられる条項は多数存在するが、高級将校になればなるほど、あるいは、中堅将校でも国家の軍事目的にかなった人材であればあるほど、その行為の非違はさまざまな口実や手段によって庇護され、法の峻厳はもっぱら下級者に向って集中される。軍という組織の威厳を国民・兵役義務者の前でつくろうためである。

したがって、陸軍刑法が隠然とした威力を及ぼす程度は二等兵の場合が最も強く、二等兵はほとんどすべての矛盾に対して手も足も出ない状態に置かれる。二等兵に加えられる非合理をきわめた内務の躾（しつ）けの背後に絶壁のごとくに聳えているのが刑法である。その威圧感は測り知れない。そのなかから異端者が発生するには、かなりの兵隊ずれ、軍隊ずれを必要とするのである。

一方、将校の場合はどうか。特に参謀本部や各軍司令部の参謀将校の場合はどうか。二つの例をあげるにとどめよう。満州事変（昭和六年）の陰謀を発起した関東軍参謀石原中佐・板垣大佐らは「満蒙問題」武力解決を企図して陸軍刑法第三十八条「命令ヲ待タス故ナク戦闘ヲ為シタル者ハ死刑又ハ無期若ハ七年以上ノ禁錮ニ処ス」を犯したにもかかわらず、満州事変の軍事的成功の功績をもってのちに殊勲甲の行賞に浴した。実はその行為が、敗戦に至る十五年戦争の端緒をなしたことは、今日周知の事実である。

関東軍参謀としてノモンハン事件（昭和十四年）を大事に至らしめた辻政信は、昭和十七年には大本営参謀として、ポートモレスビー（ニューギニア南東岸）攻略作戦を、当時地理も気象も研究不足のままに北岸からオーエン・スタンレー山系を徒歩によって越える陸路進攻へ独断をもって現地軍を指導した。それを追認した大本営にも無論問題があるが、その結果進攻部隊は目的地を遥かに望見する地点まで進出しながら、補給が絶えて後退のやむなきに至り、兵員は徒らに飢餓と死へ追いやられた。こうした場合の過剰な功名心に発する職権の濫用が、そこから結果する多数の兵隊の死に対して、陸軍刑法上はなんら罪を負わない仕組になっている点に留意されたい。

つまり、司令官や参謀が（ときには下級指揮官でも）、彼らの戦功を求める旺盛な闘志の欲するままに多数の兵隊を死なせることはいかようにも正当化されるが、死地に投ぜられる兵隊はそれが明らかに無謀な企てとわかっていても、拒否することは決して正当化されない。拒否すれば抗命になる。法の前で人は平等ではないのである。

前置きが長くなったが、本書に巧みに描き出されている五つの悲劇、その苛酷な運命を、右に述べた軍隊のでたらめな側面との対比において読まれれば、「軍旗はためく下に」あったものが何であるか、おのずから明らかとなるであろう。著者が「戦争の体験者よりむしろ現代の青年たちに読んで欲しいと願っている」のは、私流に解釈すれば、軍隊が人間に押しつけた矛盾や理不尽に対して、私たち戦争体験者は無為な敗北者であったから、そんな者の共感には将来的には大して意味がなく、むしろ戦争を知らない世代の知的経験の方により多くを期待するということであろう。そうだとすれば、至極もっともである。

第一話　敵前逃亡・奔敵

軍隊でいう「程度」のあまりよくない伍長が占領地で好きな女が出来て、そこに通っているうちに、帰隊の途中で便衣隊と遭遇し、負傷して自決を図ったが果せず、女の家へ辿りついて気絶したところを捕虜になり、そこから脱走して日本軍憲兵隊に自首して出た。その男が軍法会議にまわされて、敵前逃亡と奔敵（敵にはしったの意）の罪で死刑の宣告。彼は処刑の前夜に縊（くび）れて死んだ。

この伍長が女のいる部落へ情報をとるという名目で出かけて行く占領地での勤務ぶりは、

実直な兵隊の目からみれば讃めたものではないが、事故は帰隊の途中に発生したのだから、あらかじめ逃亡を図りかつ実行したものではない。また、負傷して人事不省に陥っているときに捕虜となったのだから、奔敵ではない。しかし、これは常識論であって、陸軍刑法を行使する側では、そんな常識の介入は許さないのである。捕虜となるには、論理的に、その前に投降という段階がなければならない。投降は日本の軍隊にはあり得ないことになっている。捕虜となった場合、あるいは、なる虞(おそ)れのある場合には、日本の軍人は自決しなければならないとされていた。自決せずに投降したものは、したがって、奔敵である。

この伍長は捕虜から脱走したことで自分の行為が幾分かは正当化されると思ったのかもしれない。軍は、しかし、そんな情状を認めはしなかった。戦争末期、南方戦域で連絡に出された下士官兵、あるいは食糧獲得に出た下士官兵で、密林や敵情のために帰路を失い、あるいは原隊移動のために帰隊できなくなり、後日ようやく友軍に辿りついて、逃亡罪を着せられ処断された者もいるのである。軍隊では、問罪の対象が下級者であればあるほど、事実の究明などなんら重要でない。事実は軍隊流の手続や作文のなかで簡単に抹殺せられ、あるいは、作られた「事実」が書類上に根を生やして、もはや動かしがたいものとなってしまうのである。官僚的事務の典型といえる。

第二話　従軍免脱

簡単にいえば自傷して従軍を免れようとする行為である。

よくも悪くも平均値的な兵隊が大隊長の当番兵をしているうちに、専用の女にうつつをぬかすような戦陣生活を送っている大隊長や、後方で酒色に耽る余裕のある連隊長以下の将校連中、前線では欠乏しがちの酒・甘味品に限らず多量の糧秣弾薬を抱えこんで、さながらそれが私物であるかのように振舞う主計将校らの所業に腹を据えかね、薬指を切って血書を認め師団長に直訴に及んだ。

それが、直訴の内容は無視されて、自傷を従軍免脱とこじつけられ、軍法会議に送られて、判決は死刑、処刑は即日行われた、という事件である。

この背景には、南方の戦局が日に日に傾いて、小康を保っている支那派遣軍各部隊がいつ南方へ送られるかわからないという状況がある。幹部将校の腐敗を目撃したりすれば、欠乏だらけの戦陣生活に厭気がさしている兵隊が、この上さらに南方へ送られてはやりきれないと思うのは、兵隊心理として一般である。場合によっては、指の一本ぐらい自傷してでも避けたいことである。その自傷を正当化するための血書直訴であると疑えば疑えないこともない。

問題は、しかし、そんなところにあるのではない。直訴などという追いつめられてむき出しになった人間感情を、正当に受理し処理するようなチャンネルと人間的配慮は、よほど英邁で識見豊かな司令官か参謀長でもいない限り、軍という組織にはあり得ないことが問題なのである。

直訴を行なった上等兵が何年兵であったか明らかでないが、上等兵になっていて切捨御免の時代に生きているのと大して変りはないことを知らずにいたわけでもなかろうに、この測定の甘さはどうしたことか、と、もどかしさが残る。直訴など通る軍隊ではないのである。軍隊は腐敗を抱えたままで、その腐敗の程度が深ければ深いほど、その体制の維持に汲々としそのためにはどのような非人間的処置をも辞さない組織である。師団長が兵隊の言うことを聞くと思うのが間違いである。師団長は、その戦略単位における天皇の代理人である。天皇や幕府の将軍が庶民の直訴に関心を示した歴史を私たちは持っているであろうか。もし有力なコネも何もない兵隊が上級将校の非違を質したければ、刺交えるつもりで衆人環視の場で弾劾するほかはない。結果は、兵隊にはおそらく規定の最高刑(五年以下ノ懲役又ハ禁錮――第七十三条)が、相手は転属か、悪くてせいぜい予備役編入か免官ぐらいであろう。それでも、事実の影だけでも残し得る。これをする勇気を、しかし、ほとんどの兵隊が持ち得なかったのである。ひとつ間違えば兵隊の生命など法によって簡単に消されてしまうのだ。「おほきみ辺にこそ死なめ、顧みはせじ」というのは、兵隊の内発的な美徳の情熱ではなくて、皮肉なことに、国家や法が兵隊の生命をかえりみないのである。

第三話　司令官逃避

司令官が敵前で尽すべき所を尽さずに隊兵を率いて逃避したときは死刑（第四十二条）。尽すべき所を尽した場合でも、六月以下の禁錮（第四十一条）。部隊を率いて故なく守地若は配置の地に就かず、またはその地を離れたときは、敵前なるときは死刑（第四十三条。以下略）。

陸軍刑法ではそうなっている。これがまた解釈次第、人次第なのである。

敗色濃厚となったフィリピン・バギオ戦線での話。ある地点の守備についていたある中隊が、死傷罹病続出し、補給も杜絶し、死を待つばかりとなって、中隊長は飲料水のある地点まで部隊を独断で一時退避させた。そこへ、いつも姿を見せたこともない連隊副官が来て、守地を勝手に放棄した廉（かど）で中隊長を部下の眼前で滅多打ちにし、なぜ死ぬまで戦わんのか、ここで腹を切るか、さもなければ軍法会議にかけてやると責め立てた。馬鹿の見本のような軍人のきまり文句だが、中隊全員の生命がかかっているから怖ろしい。よくある話である。こんなことを言うのは、たいてい、後方にいてめったに弾丸のあたる気づかいのない者にきまっているのである。

結局、中隊は別命あるまで守備地点に戻ることになり、別命が来ぬうちに中隊は長以下全滅した。そのころ、他の中隊は全部命令によって後退していたのである。副官の独断か上級指揮官の命令によったのかはわからない、と誌されているが、命令を悪意的に作為することぐらい、その気になれば簡単なことである。

中隊を死へ追いやった副官は、戦後復員して、アメリカ軍の出入り商人になって金儲けをしたというのも、戦後風俗にはいくらもあった例である。「鬼畜米英」と言っていた男が、一夜明けたら米軍に取り入っている。そういう人物ほど看板の塗り替えが早いから不思議である。

陸軍刑法は冒頭に述べたように、組織上、下部の者ほどいじめられるように出来ている。この副官のように自分にはできもしないことを他人に押しつけることが、上級の者には許されている。「上官の命を承ること実は直に朕が命を承る義なりと心得よ」と軍人勅諭にあるから、始末が悪い。

著者は巧妙な表現を用いている。「軍隊では、どんなことでも理由になる。あるいは、理由になることでも理由にならない」

その通りである。

第四話　敵前党与逃亡

敗戦直前、南方諸島に在った日本軍は混乱していた。上から下まで厳正な秩序が保たれているのは稀有であった。飢餓が士気を荒廃させたことは否めない。それを統制する側の法や権力の行使がまた甚だ恣意的であった。その事務処理もいちじるしく杜撰であった。

ある軍曹が数名の下士官とともになんらかの理由で隊を離れ、それが戦没者名簿に「敵前党与逃亡罪により死刑」とあるだけで、事実は生存者の記憶によってもー向にはっきりとせず、逃亡兵の汚名を着せられたまま靖国神社に合祀されず、遺族は扶助料をもらえないどころか、いまだに戦陣訓の亡霊の手前、肩身の狭い思いをしている、という実例の一つ。

前にも触れたが、飢餓に苦しむ部隊から食糧を探しに出たり、あるいは連絡に出されたりして、帰路を失い、または、戻ったときには部隊が移動してしまっていて復帰できなかったという例は、必ずしも稀ではない。それを、離隊者がふえるのを抑えるために、いかなる理由があろうと容赦なく逃亡罪で極刑に処するという布告を出した愚劣な軍司令官もいたのである。

この軍曹の離隊理由は判然しない。書類も残っていないし、関係生存者の記憶がまちまちで焦点が定まらない。したがって、彼の死因も判然しない。斬込あるいは食糧探しに行って敵に殺されたか、途中で土人に襲われて死んだか、あるいは友軍他部隊の者から食糧が原因で射殺されたか、それとも逃亡兵とみなされて逮捕され、正規の手続を経ずに処刑されたか。

どれであっても、もはや、どうしようもないのである。二十数年の時間の堆積の底に虫ケラ同然に扱われて死んだおびただしい男たちがいるという事実がある。彼はその一部分である。仮りに汚名がそそがれ、復権したところで、彼は救われはしない。

問題は、離隊の事情や理由を明らかにしようともせずに容赦なく逃亡罪で極刑に処することを命令した軍司令官がいたことであり、どうせ死刑にする者をいちいち軍法会議にかける必要はない、そんな奴らはかまわんから片っ端からぶった斬れ、と言った師団参謀がいたりしたことである。こういう手合の恣意を拘束する手段が保障されない限り、下級者の汚辱は、かけられ損ということになる。

軍紀の弛緩は確かに一般的な事実であった。だが、兵隊を人間扱いせず、国家の名において極限まで酷使し、あげくに飢餓に陥れたり、全滅を強要したりした罪は、誰が負うのであるか。兵隊の規律違反は、一部は確かに兵隊の素質低下に帰因するが、大部は欠けるところあまりに多い指揮・指導に対する兵隊の本能的自衛行為に属する。兵隊に対して罪を負うべき者たちは、戦後の生活に返り咲いて紳士然と口を拭っている。陸軍刑法は人間に対する罪を隠蔽するために最大効果を発揮するという側面を持っていたのである。

第五話　上官殺害

伊豆の大島ほどもない南海の小さな島での出来事。粗暴で嗜虐的な小隊長がいた。つまらんことで直ぐ部下を殴った。部下のほとんど全員が栄養失調状態にあり、マラリアに罹っていた。高熱を発していても食料自給の農園作業を休むと、小隊長は容赦なく殴り、絶食を言い渡した。病人には給食もさせず放っておいた。空腹のあまり兵隊が芋を盗み食いすると、懲罰として炎天下にその兵隊をドラム罐に入れて何時間も放置した。被害者は全身火ぶくれになって死んだ。

小隊長は非常用保管米を自分だけ食っていた。

下士官兵は命令受領のときなどを利用して中隊長や大隊本部に小隊長の横暴を訴えた。無駄であった。戦争末期、もはや作戦を行ない得なくなり、各部隊ごとに自活を余儀なくされた段階では、下士官兵は戦力としての価値を減少し、それだけ上級指揮官からの庇護を期待することは幻想にすぎなかった。

小隊長の暴虐はつづいた。下士官兵が殺意を抱くようになったのは自然の成り行きである。

ある日、一軍曹を中心とする数名の兵が殺意を実行に移した。軍医が来たとき、軍曹たちは銃の暴発による事故死であることを、かなりの威圧をもって軍医に認めさせた。その後、大隊からも連隊からも事件に関して何も言って来なかった。事件はそれで終ったかにみえた。

敗戦後、捕虜になってから、関係者たちはヘマをした。民主化の風潮に乗って少しいい気になったきらいがある。殺害事件を知っている准尉を食料にからんで「戦犯」で脅迫した。この准尉から事件が明るみに出た。捕虜になっても、集団の秩序維持のために連合軍が日本軍の軍隊組織をまだ認めていた時期のことである。

犯行者たちは、敗戦で陸軍刑法は無効になったと思っていたらしい。実際には、その後暫くの間、なお有効だったのである。敗戦という未曽有の混乱期に、抑圧されていた多数の壮丁の不満が爆発するのを押えるために、連合軍の了解の下に陸軍刑法を存続させるだけの知恵を、日本の上層部は持ち合せていた。

犯行者のうち軍曹以下三名は死刑になった。あと三名は無期懲役で復員前に現地で病死した。

上官殺害は事実だが、甚だしく片手落ちである。横暴の限りを尽した小隊長が部下に懲罰を加えて死に至らしめた事実は不問に付され、大隊長や中隊長は知っていながら放任していた責任を問われない。

陸軍刑法第七十一条に「職権ヲ濫用シテ凌虐ノ行為ヲ為シタル者ハ三年以下ノ懲役又ハ禁錮ニ処ス」とある。これが適用されたところでわずかに三年である。それさえも上官にはほとんど適用されない。陸軍刑法では上官殺傷にはきわめて峻烈な規定があるが、上官が兵隊を殺傷することなど、あり得ないことであるかのように問題になっていない。いかようにも理由をこじつけて片づけられるのである。

著者が描いた五つの悲劇は、ほんの一部の、だが日本軍が在ったところどこにでもあり得た事例である。軍旗はためく下に、いや、実は、各連隊がありもしない戦歴を誇示するためにことさらにボロボロの房だけにした軍旗の行くところ、無数の壮丁の死霊が泣いているように思われる。彼らはほんとうに国のために死んだのか。彼らの死がほんとうに国のためになったのか。彼らは死なないでもよいことのために死なされたのではなかったか。

兵隊に俘虜になるくらいなら自決しろと命じ、身動きできない負傷者を自決させ、みずからはおめおめと俘虜となって生き残り、兵隊を死なせた職歴を利用して戦後にぬくぬくと生活する機会を持った元指揮官や元参謀が、軍旗はためく下に正義が行われたと言えるかどうか、知りたいものである。

「軍旗」が燃やされるとき

川村湊

1

「軍旗」は、「軍規」である。私たち、人間の世界にはどこにでも法律や法令があり、規律や規範やルールがある。それらのものが機能しなければ、一日たりとも、一挙手一投足たりとも、人は生きることも、行動することもできなくなっている。軍隊のなかでも、基本的にはそうだろう。軍律、軍令、そして兵隊と戦闘と戦争に関わるさまざまなルールがある。軍隊だからこそ、戦争だからこそ、守らなければならない規則があり、ルールがある。これに着目したのが、結城昌治の小説『軍旗はためく下に』である。

本来、推理小説作家として知られている結城昌治が、「戦争」、あるいは「戦場」小説を書いたのはなぜなのか。その章立てを見てゆけば、それは分かる。五章に分かれている。「敵前逃亡・奔敵」「従軍免脱」「司令官逃避」「敵前党与逃亡」「上官殺害」である。いずれの章も本文の始まる前に、エピグラフのように「陸軍刑法」の条文が示されている。

たとえば、「敵前逃亡・奔敵」の章では、「陸軍刑法」の第七十六条、「党与シテ故ナク職役ヲ離レ又ハ職役ニ就カサル者ハ左ノ区別ニ従テ処断ス。／一　敵前ナルトキハ首魁ハ死刑又ハ無期ノ懲役若ハ禁錮ニ処シ其ノ他ノ者ハ死刑、無期若ハ七年以上ノ懲役又ハ禁錮ニ処ス」と。

続いて、第五十五条、「従軍ヲ免レ又ハ危険ナル勤務ヲ避クル目的ヲ以テ疾病ヲ作為シ、身体ヲ毀傷シ其ノ他詐偽ノ行為ヲ為シタル者ハ左ノ区別ニ従テ処断ス／一　敵前ナルトキハ死刑又ハ無期若ハ五年以上ノ懲役ニ処ス」と。

第四十二条、「司令官敵前ニ於テ其ノ尽スヘキ所ヲ尽サスシテ隊兵ヲ率ヰ逃避シタルトキハ死刑ニ処ス」と。

第六十三条ノ三、「上官ヲ殺シタル者ハ死刑ニ処ス」と。

あえて、全部の条項を取り上げてみたのは、そのいずれの法令違反も、最高刑「死刑」が宣告される可能性があるということを示したかったからだ。日本の刑法では、死刑に該当される罪というものが明瞭にされている。内乱罪や国家転覆罪以外は、いずれも人間の生命の安全を重大に脅かす（した）ものに限られている。それも、明治憲法下の刑法から新憲法下の刑法、さらに改正された刑法下において、「死刑」に該当する犯罪は少なくなってきているのが大きな潮流である。不敬罪、尊属殺人罪などが、その項目から消えていったのである。

あらためて、「陸軍刑法」のこれらの「死刑」の規定を見てみると、人間にとってもっとも重大で大切なものである人間の生命を奪うことではなく、むしろ、人間の生命を奪う「戦争」や「戦闘」そのものから、自分の生命を守る、という行為に対して、最高刑の「死刑」が科されることが分かる。戦争、戦闘で殺されることを厭うあまり、逃亡すること。自傷して戦うことを回避すること。司令官が部下とともに戦闘に加わらないこと。そして、戦闘命令や突撃命令などの上官の指令に従わず（抗命し）、あまつさえ、その上官を殺したとき（これは殺人だが）。

『軍旗はためく下に』は、こうした軍隊に特有の「法律」を冒すことによって、自分の生命の安全を守り抜こうとした兵隊たちの〝犯罪〟について、その経緯や結果に至る一部始終を描いた「犯罪小説」なのであり、その意味では、本当に〝彼が犯罪者であるかどうか〟を、〝推理〟する、スリリングな推理小説（探偵小説）の一種にほかならないのである。

2

「軍旗」は「軍規」である、と最初に書いた。これらの五つの〝犯罪〟は、いずれも「軍旗」がはたはたとはためく下での、すなわち、「軍規」が絶対的なものとしてふりかざされる軍隊での、兵士の本分、本領に関わるものである。一般社会においては、生命の危険から逃れることや、避難すること、人に殺されることや、むろん、人を殺さねばならないような絶体絶命の状態に陥(おちい)ることを回避し、そこから免(まぬが)れようとすることは、奨励されるべきことではあっても、非難されたり、糾弾されなければならないことではない。時には、自分を傷付けたり、自分の身体を毀損したりすることも、他人を害することも含めて緊急避難としては諾われるべきことだ。これはどんな国家の法律や国際法をも超越して、普遍的な人間の権利（人権）として認められるべきことだ。ただ一つ、「軍規」が、「軍旗」のようにはたはたとはためく戦場下を例外として。

『軍旗はためく下に』で描かれた五つの〝陸軍刑法違反〟の事例は、いずれも、平和憲法下の生活に慣れた私たちの法律的常識からいえば、「死刑」という極刑に処せられることが、不法であり、不当であると思われるような事例だ。

「敵前逃亡・奔敵」では、中国の民間人の家を訪ねていった小松伍長は、八路軍のゲリラ隊と遭遇して負傷し、捕虜となって連れ回されたが、隙を見て脱出した。ようようのことで原隊に戻ってきたのだが、「敵前逃亡」と「奔敵」の罪名で死刑の判決を下され、処刑前に首吊り自殺をした。彼は、「逃亡」の汚名を着たまま、戦友たちの記憶、そして記録に残ることとなった。

「上官殺害」では、南太平洋の孤島で、部下を次々と死にいたらしめるような苛酷な「上官」を殺したことによって、敗戦後の収容所のなかで、旧陸軍の刑法によって「死刑」となった富樫軍曹、小針上等兵、堺一等兵の話である。豪州軍の進駐によって、「軍旗」が焼き捨てられた後での、「軍規」による処刑。それはどう考えても理不尽であり、不法であり、不当なことなのだが、焼かれたはずの「軍旗」や、廃絶されたはずの「軍規」であっても、一人や二人（三人）の生命を奪うのは、簡単なことだったのである。

ところで、これらの「陸軍刑法違反」による刑死者は、戦後においてどのように扱われているのだろうか。「敵前党与逃亡」の章で描かれている馬淵軍曹のように、「敵前逃亡・奔敵」、「従軍免脱」、「司令官逃避」、「敵前党与逃亡」などの罪によって処刑された場合は、軍人・軍属の遺族の援護を目的として制定された「戦傷病者戦没者遺族等援護法」（いわゆる軍人恩給法）の対象とはならないのが原則である。もちろん、不服申立による審査によって遺族年金や弔慰金の支払いが認められる場合もありうるが、戦時の軍法会議（軍事裁判）による判決には、関係書類が不備であったり、湮滅していることもあり、再審に堪えうるような事例は稀というほかない。しかも、日本軍は「生きて虜囚の辱を受けず、死して罪過の汚名を残すこと勿れ」という東條英機などが訓じた『戦陣訓』の精神主義を金科玉条としたため、〝名誉の捕虜〟を「逃亡」や「投降」として処罰したケースも、『軍旗はためく下に』の場合のように少なくなかったと考えられるのだ。

これは、また彼らがいわゆる「戦没者」を祀る靖国神社に祭神として祀られていないということをも、意味する。

「死生貫くものは崇高なる献身奉公の精神なり。生死を超越し一意任務の完遂に邁進すべし。身心一切の力を尽くし、従容として悠久の大義に生くることを悦びとすべし」（戦陣訓）と、兵隊たちに訓示しながら、自分はピストル自殺に失敗して「生きて虜囚の辱」を受け、Ａ級戦犯として絞首刑となった東條英機が、祭神の一柱として靖国神社に祀られているのに対し、これはあまりにも不当な仕打ちといわざるをえないだろう（いわゆる《靖国問題》には、こうした「戦争」で〝死んだ者〟たちに対しての、厳然たる差別待遇の問題が横たわっている）。

3

「軍旗」は、象徴である。前述したように、「上官殺害」の章には、軍旗焼却の場面がある。それは次のように描かれている。

でも、軍旗が焼かれる光景を見たときは、何とも言えない気持だったな、感傷的になっただけかも知れないが、胸の奥がジーンと熱くなった、軍旗はいかなる軍人の命より重い、軍旗を焼くときは玉砕するときだと聞かされていた、その軍旗が焚火にくべられるなんて、おれは連隊長の訓示を聞きながら、やはり悲壮な気持だった、連隊旗手は泣いているように見えた、妙に静かだったことを憶えている、焚火の音がパチパチ聞えていた、連隊長以下、将校たちは軍旗に向って敬礼していた、兵隊も敬礼していたと思うが、おれは自分のことを憶えていない、ぼろぼろの軍旗が炎となって燃え上った、これで一巻の終りか、おれのうしろで呟く声がした、自嘲的だが、ふざけた声ではなかった、戦争に負けたんだ、本当に戦争に負けたんだ、おれはしみじみとそう思った……、

乃木希典の明治天皇への殉死が、西南戦争の時に、軍旗を敵軍に奪い取られるという屈辱に遠因があったと伝えられている。そのことの天皇に対する謝罪・贖罪感が、老将を自決に追いやったというのである。「軍旗」は、それだけ兵士たちの魂の支えであったといってよいのだ。

これは、日本軍のことだけではない。太平洋戦争における硫黄島の戦いにおいて、ついに島を陥落させた米軍兵士たちがまっさきに行ったことは、星条旗を硫黄島の頂上に立てることだった。その瞬間をとらえた一枚の写真の映像が、映画のラストシーンとなり、米軍および米国民の勝利と苦闘の象徴となり、モニュメントとして建立されていることは、あまりにも有名である。

象徴としての「軍旗」が、多くの兵士に血を流させ、多くの人々を死に追いやる。それは日の丸でも星条旗でも赤旗でも同じことだ。人は旗を振り掲げて前進し、国は旗をはためかせて国民を戦争へとかり立てる。それは、アジア太平洋戦争から、朝鮮戦争、ベトナム戦争、湾岸戦争、イラク戦争に至るまで、いずれの、いずこの戦争においても同様なの

だ。イラク戦争に対する日本の関与・協力について、アメリカ側は「旗を見せよ」と要求したと伝えられている。装甲車、軍用車、軍用輸送機、自衛隊駐屯基地、自衛隊員の制服には、常に「日の丸」が掲げられ、マークされていた。半世紀以上も消えていた「軍旗」としての日の丸の復活だったのである。

〝軍旗はためく下に〟、日本人兵士たちは、中国大陸の奥地から、南太平洋の果てから、ビルマ・インパールのジャングルの中までも行軍した。北太平洋から南の珊瑚礁の海と熱帯の島々までを、血と油で汚すことになった。「軍旗」が、はためくことも、焼かれることもない時代と世界はまだ到来していない。結城昌治の戦争小説の傑作『軍旗はためく下に』は、まさにそうした「戦争」の犠牲となったすべての人々（日本人も、そうでない人も）に捧げられた追悼と、非戦の誓いの記念塔というべき作品なのである。

（かわむら・みなと　文芸評論家、法政大学国際文化学部名誉教授）

『軍旗はためく下に』
初出『中央公論』一九六九年一一月号～七〇年四月号
単行本　中央公論社　一九七〇年七月刊
中公文庫　一九七三年九月刊
中公文庫ＢＩＢＬＩＯ　二〇〇六年七月刊

編集附記

一、本書は二〇〇六年七月に中公文庫BIBLIOより刊行された『軍旗はためく下に』を底本とし、著者の関連エッセイを加えた増補新版である。

一、底本中、明らかな誤植と思われる箇所は訂正し、難読と思われる文字にはルビを付した。

一、本文中に今日では不適切と思われる表現もあるが、著者が故人であること、刊行当時の時代背景と作品の文化的価値に鑑みて、底本のままとした。

中公文庫

軍旗はためく下に
——増補新版

2020年7月25日　初版発行

著　者　結城昌治

発行者　松田陽三

発行所　中央公論新社
〒100-8152　東京都千代田区大手町1-7-1
電話　販売 03-5299-1730　編集 03-5299-1890
URL http://www.chuko.co.jp/

DTP　平面惑星
印　刷　三晃印刷
製　本　小泉製本

Published by CHUOKORON-SHINSHA, INC.
Printed in Japan　ISBN978-4-12-206913-8 C1193

各書目の下段の数字はISBNコードです。978－4－12が省略してあります。

中公文庫既刊より

お-2-13
レイテ戦記（一）
大岡昇平
太平洋戦争の天王山・レイテ島での死闘を再現した戦記文学の金字塔。巻末に講演「『レイテ戦記』の意図」を付す。毎日芸術賞受賞。〈解説〉大江健三郎
206576-5

お-2-14
レイテ戦記（二）
大岡昇平
リモン峠で戦った第一師団の歩兵は、日本の歴史自身と戦っていたのである——インタビュー「『レイテ戦記』を語る」を収録。〈解説〉加賀乙彦
206580-2

お-2-15
レイテ戦記（三）
大岡昇平
マッカーサー大将がレイテ戦終結を宣言後も、徹底抗戦を続ける日本軍。大西巨人との対談「戦争・文学・人間」を巻末に新収録。〈解説〉菅野昭正
206595-6

お-2-16
レイテ戦記（四）
大岡昇平
太平洋戦争最悪の戦場を鎮魂の祈りを込め描く著者渾身の巨篇。巻末に「連載後記」、エッセイ「『レイテ戦記』を直す」を新たに付す。〈解説〉加藤陽子
206610-6

お-2-11
ミンドロ島ふたたび
大岡昇平
自らの生と死との彷徨の跡。亡き戦友への追慕と鎮魂の情をこめて、詩情ゆたかに戦場の島を描く。『俘虜記』の舞台、ミンドロ、レイテへの旅。〈解説〉湯川　豊
206272-6

お-2-12
大岡昇平　歴史小説集成
大岡昇平
「挙兵」「吉村虎太郎」など長篇『天誅組』に連なる作品群ほか、「高杉晋作」「竜馬殺し」「将門記」など戦争小説としての歴史小説全10編。〈解説〉川村　湊
206352-5

お-2-10
ゴルフ　酒　旅
大岡昇平
獅子文六、石原慎太郎ら文士とのゴルフ、一年におよぶ米欧旅行の見聞……。多忙な作家の執筆の合間には、いつも「ゴルフ、酒、旅」があった。〈解説〉宮田毬栄
206224-5

お-2-17
小林秀雄
大岡昇平

親交五十五年、評論から追悼文まで「人生の教師」であった批評家の詩と真実を綴った全文集。巻末に小林との対談収録。文庫オリジナル。〈解説〉山城むつみ

206656-4

お-2-18
成城だより 付・作家の日記
大岡昇平

文学、映画、漫画……闊達に綴った日記文学。一九七九年十一月から八〇年十月まで。「作家の日記」を併録。全三巻。〈巻末付録〉小林信彦・三島由紀夫

206765-3

お-2-19
成城だよりⅡ
大岡昇平

六十五年を読書にすごせし、わが一生、本の終焉と共に終らんとす——。大いに読み、書く日々。一九八二年一月から十二月まで。〈巻末エッセイ〉保坂和志

206777-6

お-2-20
成城だよりⅢ
大岡昇平

とにかくひどい戦後四十年目だった——。防衛費一％枠撤廃、靖国参拝……戦後派作家の慷慨。一九八五年一月から十二月まで。全巻完結。〈解説〉金井美恵子

206788-2

う-9-4
御馳走帖
内田百閒（ひゃっけん）

朝はミルク、昼はもり蕎麦、夜は山海の珍味に舌鼓をうつ百閒先生の、窮乏時代から知友との会食まで食味の楽しみを綴った名随筆。〈解説〉平山三郎

202693-3

う-9-5
ノラや
内田百閒

ある日行方知れずになった野良猫の子ノラと居つきながらも病死したクルツ。二匹の愛猫にまつわる愛情と機知とに満ちた連作14篇。〈解説〉平山三郎

202784-8

う-9-6
一病息災
内田百閒

持病の発作に恐々としつつも医者の目を盗み麦酒をがぶがぶ……。ご存知百閒先生が、己の病、身体、健康について飄々と綴った随筆を集成したアンソロジー。

204220-9

う-9-10
阿呆の鳥飼
内田百閒

鶯の鳴き方が悪いと気に病み、漱石山房に文鳥を連れて行く……。『ノラや』の著者が小動物たちとの暮らしを綴る掌篇集。〈解説〉角田光代

206258-0

や-1-5
利根川・隅田川
安岡章太郎
流れに魅せられた著者が踏査したユニークな利根川紀行と、空襲前の東京の面影をとどめていた隅田川の思い出を綴った好エッセイ。〈巻末エッセイ〉平野 謙
206825-4

か-18-10
西ひがし
金子光晴
暗い時代を予感しながら、喧噪渦巻く東南アジアにさまよう詩人の終りのない旅。『どくろ杯』『ねむれ巴里』につづく放浪の自伝。〈解説〉中野孝次
204952-9

か-18-14
マレーの感傷 金子光晴初期紀行拾遺
金子光晴
中国、南洋から欧州へ。詩人の流浪の旅を当時の雑誌掲載作品や手帳などから編集する。晩年の自伝三部作へ連なる原石的作品集。〈解説〉鈴村和成
206444-7

か-18-7
どくろ杯
金子光晴
『こがね蟲』で詩壇に登場した詩人は、その輝きを残し、夫人と中国に渡る。長い放浪の旅が始まった――青春と詩を描く自伝。〈解説〉中野孝次
204406-7

か-18-8
マレー蘭印紀行
金子光晴
昭和初年、夫人三千代とともに流浪する詩人の旅はいつ果てるともなくつづく。東南アジアの自然の色彩と生きるものの営為を描く。〈解説〉松本 亮
204448-7

か-18-9
ねむれ巴里
金子光晴
深い傷心を抱きつつ、夫人三千代と日本を脱出した詩人はヨーロッパをあてどなく流浪する。『どくろ杯』につづく自伝第二部。〈解説〉中野孝次
204541-5

と-28-1
夢声戦争日記 抄 敗戦の記
徳川夢声
活動写真弁士を皮切りに漫談家、俳優としてテレビ・ラジオで活躍したマルチ人間、徳川夢声が太平洋戦争中に綴った貴重な日録。〈解説〉水木しげる
203921-6

な-56-2
南洋通信 増補新版
中島 敦
南洋庁国語編修書記としてパラオに赴任した中島の目に映った「南洋」とは。『南島譚』『環礁』に加え、妻子に宛てた九十通以上の書簡を収録。〈解説〉池澤夏樹
206756-1

各書目の下段の数字はＩＳＢＮコードです。978－4－12が省略してあります。

た-7-2
敗戦日記 高見 順
〝最後の文士〟として昭和という時代を見つめ続けた著者の戦時中の記録。日記文学の最高峰であり昭和史の一級資料。昭和二十年の元日から大晦日までを収録。
204560-6

い-13-5
生きている兵隊（伏字復元版） 石川 達三
戦時の兵士のすがたと心理を生々しく描き、そのリアリティ故に伏字とされ発表された、戦争文学の傑作。伏字部分に傍線をつけた、完全復刻版。
203457-0

の-3-13
戦争童話集 野坂 昭如
戦後を放浪しつづける著者が、戦争の悲惨な極限に生まれえた非現実の愛とその終わりを「八月十五日」に集約して描く、万人のための、鎮魂の童話集。
204165-3

あ-59-2
お腹召しませ 浅田 次郎
武士の本義が薄れた幕末維新期、変革の波に翻弄される侍たちの悲哀を描いた時代短篇の傑作六篇。中央公論文芸賞・司馬遼太郎賞受賞。〈解説〉竹中平蔵
205045-7

あ-59-3
五郎治殿御始末（ごろうじどののおしまつ） 浅田 次郎
武士という職業が消えた明治維新期、最後の御役目を終えた老武士が下した、己の身の始末とは。時代の境目を懸命に生きた人々を描く六篇。〈解説〉磯田道史
205958-0

あ-59-4
一 路（上） 浅田 次郎
父の死により江戸から国元に帰参した小野寺一路は、参勤道中御供頭のお役目を仰せつかる。家伝の行軍録を唯一の手がかりに、いざ江戸見参の道中へ！
206100-2

あ-59-5
一 路（下） 浅田 次郎
蒔坂左京大夫一行の前に、中山道の難所、御家乗っ取りの企てなど難題が降りかかる。果たして、行列は期日通りに江戸へ到着できるのか――。〈解説〉檀 ふみ
206101-9

あ-59-6
浅田次郎と歩く中山道 『一路』の舞台をたずねて 浅田 次郎
中山道の古き良き街道風景や旅籠の情緒、豊かな食文化などを時代小説『一路』の世界とともに紹介します。いざ、浅田次郎を唸らせた中山道の旅へ！
206138-5